Charles Dickens **DAVID COPPERFIELD** Alan Marks

DAVID COPPERFIELD

Ein Leseabend mit Charles Dickens · Illustriert von Alan Marks
Nachwort von Anthea Bell

Aus dem Englischen von Werner Thuswaldner

MICHAEL NEUGEBAUER VERLAG

1. Kapitel

Ich kannte Mr. Peggottys Haus in meiner Kindheit sehr gut, und ich bin sicher, ich hätte von ihm nicht mehr angetan sein können, wenn es Aladdins Palast gewesen wäre. Es war ein alter Lastkahn oder ein Boot am Strand von Yarmouth, sehr hoch und ausgetrocknet, mit einem eisernen Trichter, der als Kamin emporragte. An der Seite war eine prächtige Tür eingeschnitten, es war überdacht und hatte kleine Fenster. Es war wunderbar sauber und so aufgeräumt wie nur möglich. Es gab darin einige Kästen und Regale, einen Tisch und eine Schwarzwälder Uhr, ebenso eine Kommode, und es gab ein Teetablett mit einer Malerei darauf. Dieses Tablett wurde von einer Bibel daran gehindert hinunterzustürzen. Wäre es hinuntergestürzt, hätte es etliche Tassen und Untertassen, die rund um das Buch gruppiert waren, zerschmettert. An der Wand hingen farbige Bilder von Abraham, in Rot gemalt, der im Begriff war, Isaak, in Blau, zu opfern. Und eines von Daniel in Gelb, gefangen in einer Grube mit grünen Löwen. Mr. Peggotty, ein Seemann, so ehrenwert wie nur jemals einer sein konnte, handelte mit Hummern, Krabben und Krebsen.

Wie zur Zeit meiner Kindheit so auch jetzt, da ich ein junger Mann war, bestand Mr. Peggottys Haushalt aus seinem Neffen Ham, einem jungen Schiffszimmermann, der ein Waise war, seiner adoptierten Nichte, Klein Emily, einst mein kleiner Liebling und jetzt eine schöne junge Frau, und Mrs. Gummidge. Alle drei lebten seit vielen Jahren von dem, was Mr. Peggotty einnahm. Mrs. Gummidge war die Witwe eines Mannes, der mit ihm gemeinsam ein Boot besessen hatte und der arm gestorben war. Sie war sehr dankbar, doch wäre es leichter mit ihr auszuhalten gewesen, wenn sie sich nicht, in der angenehmsten Ecke neben dem Kamin sitzend, ständig darüber beklagt hätte, daß sie ein einsames und verlorenes Wesen sei, dem alles schiefgehe.

Zu diesem alten Boot wanderte ich in einer denkwürdigen Nacht mit meinem ehemaligen Schulkameraden und gegenwärtigen lieben Freund Steerforth, der ein halbes Dutzend Jahre älter war als ich. Er war hochbegabt, gutaussehend, ungezwungen, von gewinnender Art, so daß ich ihn von ganzem Herzen bewunderte. Ich hegte ihm gegenüber die romantischsten Gefühle von Ergebenheit und Freundschaft. Er war mit mir von London gekommen und hatte mit größter Bereitwilligkeit meinem Plan zugestimmt, den alten bescheidenen Ort und die alten bescheidenen Leute zu besuchen. Der Mond schien nicht, und als wir über die dunklen, winterlichen Dünen dem alten Boot entgegengingen, seufzte der Wind unheilvoll.

„Ein unheimlicher Ort, Steerforth, nicht wahr?"

„Unheimlich genug in der Nacht, und die See brüllt, als wollte sie uns verschlingen. Ist dort das Boot, wo das Licht scheint?"

„Dort ist das Boot."

Wir sprachen nicht mehr miteinander, während wir uns dem Licht näherten. Ich ging vorsichtig auf die Tür zu, legte die Hand auf die Klinke, flüsterte Steerforth zu, sich in meiner Nähe zu halten, und trat ein. Ich fand mich mitten in einer überraschten Familie, die ich seit meiner Kindheit nicht mehr gesehen hatte. Angesicht zu Angesicht stand ich Mr. Peggotty gegenüber und streckte meine Hand aus, als Ham rief:

„Master Davy! Es ist Master Davy!"

Im nächsten Augenblick schüttelten wir uns gegenseitig die Hände und versicherten uns, wie froh wir wären, uns zu sehen, und redeten alle durcheinander. Mr. Peggotty war derart erfreut über unseren Besuch, daß er nicht wußte, was er sagen oder tun sollte. Er hörte nicht auf, erst mir, dann Steerforth und dann wieder mir die Hand zu schütteln, er wühlte in seinem struppigen Haar, und dann lachte er so freudig und triumphierend, daß es eine Wonne war, ihn so zu erleben.

„Nein, daß diese beiden Herren – erwachsene Herren – an einem so besonderen Abend in meinem Leben unter dieses Dach kommen... Ich glaube, so was Verrücktes hat es noch nie gegeben! Emily, mein Liebling, komm her! Komm her, meine kleine Hexe! Master Davys Freund ist da! Das ist der Herr, von dem du schon gehört hast, Emily. Er kam mit Master Davy, um dich zu sehen, an dem wunderbarsten Abend, den es im Leben deines Onkels gegeben hat und jemals geben wird, und deshalb wollen wir ihn hochleben lassen!"

Dann ließ er sie gehen, und als sie in ihre kleine Kammer lief, blickte er in die Runde, erhitzt, außer Atem und mit außerordentlicher Befriedigung.

„Wenn ihr beiden Herren – erwachsene Herren und so vornehme Herren – mich nicht entschuldigt, daß ich so aus dem Häuschen bin, wie Sie verstehen können, dann bitte ich selbst um Entschuldigung. Emily, meine Liebe! – Sie wußte, daß ich es erzählen werde, und ist deshalb verschwunden. Diese kleine Emily, mein Herr", sagte er zu Steerforth, „wie Sie sie gerade haben erröten sehen – diese unsere kleine Emily, mein Herr, ist für unser Haus, meiner Meinung nach – ich bin ein unwissender Mann, aber ich bin davon überzeugt –, das, was ein kleines helläugiges Wesen für ein Haus nur sein kann. Sie ist nicht mein Kind, ich hatte nie eines, aber ich könnte sie nicht lieber haben, wenn sie fünfzigmal mein Kind wäre. Sie verstehen? Ich könnte es nicht!"

„Ich verstehe vollkommen."

„Ich weiß es, mein Herr, und danke Euch. Nun, mein Herr, es gab da einen bestimmten Menschen, der kannte unsere Emily seit der Zeit, da ihr Vater ertrunken war, jemand, der ständig um sie herum gewesen war: als sie ein Kleinkind war, ein kleines Mädchen und eine Frau. Er war kein besonders auffälliger Mensch – ein wenig wie ich –, rauh wie ein Igelfisch, sehr salzig, aber im ganzen genommen ein ehrenwerter Kerl mit dem Herzen auf dem rechten Fleck."

Ich hatte Ham nie zuvor so breit grinsen sehen, so wie er jetzt dasaß und uns angrinste.

„Was tat nun dieser gutmütige Schwerenöter, der das Herz an unsere kleine Emily verloren hatte? Er folgt ihr auf Schritt und Tritt, er führt sich ihr gegenüber wie eine Art Diener auf, er verliert ganz und gar seinen Appetit, und nach langem vertraut er mir an, was ihm fehlt. Nun, ich rate ihm, mit Emily zu sprechen. Er ist groß genug, aber er ist schüchterner als ein kleiner Junge, und er sagt mir, er traut sich nicht. Daher rede ich. ‚Was, ihn?' sagt Emily, ‚ihn, der mir seit vielen Jahren so vertraut ist und den ich so gern habe! Oh, Onkel! Niemals kann ich ihn nehmen. Er ist so ein guter Kerl!' Ich gebe ihr einen Kuß, und ich sage nichts weiter als: ‚Liebes Kind, du hast ein Recht, dich offen auszusprechen, du mußt selbst deine Wahl treffen. Du bist so frei wie ein Vogel.'

Dann gehe ich zu ihm, und ich sage: ‚Ich wollte, es wäre so gewesen, aber es geht nicht, aber ihr beide könnt bleiben, wie ihr wart, und was ich dir sage, ist: Sei zu ihr, wie du früher zu ihr gewesen bist, sei ein Mann.' Er sagt zu mir, indem er mir die Hand schüttelt: ‚Einverstanden.' Und er war es, ehrenwert, treu und männlich – zwei Jahre lang.

Plötzlich, eines Abends – mag sein, heute abend – kommt Klein Emily von ihrer Arbeit und er mit ihr! Daran ist nichts Ungewöhnliches, werdet Ihr sagen. Nein, gewiß, denn er kümmert sich um sie wie ein Bruder, nach dem Dunkelwerden, aber auch schon vor dem Dunkelwerden und die ganze Zeit. Aber dieser Schwerenöter da, er nimmt ihre Hand, und er ruft mir freudig zu: ‚Schau her! Die hier wird meine kleine Frau werden!' Und sie sagt halb unerschrocken und halb scheu, halb lachend und halb weinend: ‚Ja, Onkel, wenn's dir recht ist.' – Wenn's mir recht ist! Herr, als hätt ich je etwas anderes gewollt! – ‚Wenn's dir recht ist', sagt sie, ‚ich bin jetzt gesetzter, und ich habe gründlicher darüber nachgedacht, und ich will ihm eine so gute kleine Frau sein, wie ich nur kann, denn er ist ein so lieber, guter Kerl!' Dann klatschte Mrs. Gummidge in die Hände wie im Theater, und Sie kamen herein. Nun ist die Katze aus dem Sack. Sie kommen herein! Es geschah gerade in dem Augenblick, und da ist der Mann, der sie heiraten wird, sobald sie mit der Lehre als Näherin fertig ist."

Ham wankte unter dem Schlag, den Mr. Peggotty ihm als Zeichen seines Vertrauens und seiner Freundschaft versetzt hatte. Aber weil er sich gedrängt fühlte, auch etwas zu sagen, stotterte er:

„Sie war nicht größer als Ihr wart, Master Davy – als Ihr das erste Mal herkamt –, als ich mir vorstellte, wie sie als Erwachsene sein wird. Ich sah sie heranwachsen – meine Herren – wie eine Blume. Ich würde mein Leben für sie geben – Master Davy... Oh! Bereitwillig und freudig! Es gibt keinen Herren, weder zu Land noch zur See, der seine Liebste mehr lieben kann, als ich sie liebe, obwohl es manch einfachen Mann geben mag, der besser ausdrücken kann, was er meint."

Es war bewegend für mich zu sehen, wie ein so handfester Bursche wegen der starken Empfindungen für das hübsche kleine Wesen, das sein Herz gewonnen hatte, zitterte. Das Urvertrauen, das Mr. Peggotty und er in uns setzten, war rührend, dachte ich. Die ganze Geschichte bewegte mich. Ich war voller Freude, aber es war zuallererst eine bisher nicht gekannte Gefühlsregung der Freude, die nicht weit davon entfernt war, sich in Schmerz zu verwandeln.
Wenn es daher von mir abgehangen hätte, mit einigem Geschick die richtige Saite anzuschlagen, hätte ich einen erbärmlichen Eindruck gemacht. Aber Steerforth übernahm diese Rolle, und er spielte sie mit einer solchen Gewandtheit, daß wir uns binnen weniger Minuten so wohl wie nur möglich fühlten.
„Mr. Peggotty", sagte er, „Sie sind durch und durch ein guter Kerl und verdienen es, so glücklich zu sein, wie Sie es heute abend sind. Meine Hand darauf! Ham, mein Junge, ich gratuliere Ihnen. Auch darauf meine Hand! Davy, schüre das Feuer und lasse es auflodern! Und Mr. Peggotty, wenn es Ihnen nicht gelingt, Ihre liebe Nichte zurückzuholen, will ich gehen. Jede Lücke in Ihrem Familienkreis an einem solchen Abend – und diese Lücke zuallerletzt – möchte ich um alle Schätze der Welt nicht verschulden!"
Mr. Peggotty ging daher, um Klein Emily zu holen. Zunächst wollte Klein Emily nicht kommen, und dann ging Ham. Gleich darauf brachten sie sie zum Kamin, sehr verwirrt und scheu. Bald aber wurde sie sicherer, als sie merkte, wie Steerforth zu ihr sprach; wie geschickt er alles vermied, was sie irritieren würde; wie er zu Mr. Peggotty über Boote und Schiffe sprach, über das Meer und über das Fischen; wie begeistert er vom Boot und von der ganzen Einrichtung war; wie beschwingt und leicht er fortfuhr, bis er uns in einen Zauberkreis gebannt hatte.
Aber er beherrschte die Unterhaltung nicht ausschließlich. Er war still und aufmerksam, als Klein Emily über das Feuer hinweg darüber sprach, wie wir als Kinder am Strand entlanggegangen waren, um Muscheln und Kieselsteine zu suchen. Er war sehr still und aufmerksam, als ich sie fragte, ob sie sich erinnere, wie sehr ich sie geliebt hatte und wie rasch die Tage vergangen waren, als ob die Zeit selbst noch nicht erwachsen gewesen wäre, sondern ein Kind wie wir und immer verspielt. Sie saß den ganzen Abend in ihrer gewohnten kleinen Ecke am Feuer – Ham an ihrer Seite.
Mir war nicht klar, ob es eine kleine Koketterie war oder mädchenhafte Scheu, daß sie sich eng an die Wand hielt und weg von Ham, aber ich beobachtete, daß sie dies den ganzen Abend tat.
Es war fast Mitternacht, wie ich mich erinnere, als wir uns verabschiedeten. Wir hatten zum Abendessen Kekse und getrockneten Fisch gegessen, und Steerforth hatte aus seiner Tasche eine Flasche Genever hervorgeholt. Gut aufgelegt trennten wir uns voneinander, und als alle in der Tür standen und uns den Weg erhellten, sah ich die süßen blauen Augen von Emily, wie sie uns hinter Ham nachblickten, und hörte ihre Stimme, die uns zurief, gut auf unseren Weg zu achten.
„Eine allerliebste kleine Schönheit", sagte Steerforth und nahm meinen Arm. „Nun, es ist ein seltsamer Ort, und es sind seltsame Leute; und es weckt ein ganz neues Gefühl, sie kennenzulernen."

„Wie gut haben wir es doch getroffen, Steerforth, daß wir ankamen und Zeuge ihres Glücks wegen der beabsichtigten Heirat wurden! Ich habe nie so glückliche Menschen gesehen. Wie wunderbar, so etwas zu erleben!“

„Eigentlich ein rechter Tölpel für das Mädchen. Nicht wahr?“

Seine kalte Antwort wirkte wie ein Schock auf mich. Doch als ich mich rasch nach ihm umdrehte und ein Lachen in seinen Augen sah, antwortete ich:

„Ach, Steerforth, du kannst gut spaßen über die armen Leute! Aber weil ich merkte, wie genau du sie verstanden hast und wie du dich in das Glück dieser einfachen Fischersleute einfühlen kannst, weiß ich, daß es keine Freude oder Sorge oder irgendein Gefühl dieser Leute gibt, dem du teilnahmslos gegenüberstündest. Und dafür bewundere und liebe ich dich, Steerforth, zwanzigfach!“

Zu meiner Überraschung sagte er plötzlich, ohne daß ich einen Zusammenhang erkennen konnte:

„Alter Freund, ich wünschte bei Gott, ich hätte in den vergangenen zwanzig Jahren einen vernünftigen Vater gehabt! Ich wünschte, ich wäre besser erzogen worden! Ich wünschte, ich könnte mich selber besser erziehen!“

Tiefe Niedergeschlagenheit hatte ihn erfaßt, was mich sehr überraschte. Er konnte sich stärker verändern, als ich für möglich gehalten hätte.

„Es wäre besser, dieser arme Peggotty oder sein tölpelhafter Neffe zu sein als ich selbst, der ich zwanzigmal reicher und zwanzigmal schlauer bin, denn in der letzten halben Stunde bin ich mir in dem verfluchten Boot selbst zur Qual geworden.“

Ich war von seiner Wandlung so verblüfft, daß ich ihn zunächst nur in Ruhe beobachten konnte, wie er neben mir einherging. Später fragte ich ihn, was ihn derart getroffen habe.

„Ach was, es ist nichts – nichts, Davy! Es muß ein Alpdruck gewesen sein, nehme ich an. Die alten Weiber reden von Schreckgespenstern, die von Kopf bis Fuß über einen hinwegkriechen. Ich habe mich vor mir selbst gefürchtet."

„Ich denke, du fürchtest dich vor gar nichts."

„Vielleicht nicht, und doch gibt es genug zum Fürchten. Nun, so geht's, mein Prachtkerl – obwohl, deine Taufpaten haben dich nicht so genannt. Aber du bist ein so wackerer Bursche, daß ich diesen Namen für dich am liebsten habe – ich wünschte, ich wünschte, ich wünschte, du könntest mich auch so nennen!"

„Warum? Ich kann es, wenn ich will."

„Du Prachtkerl, sollte jemals etwas geschehen, das uns auseinanderbrächte, du mußt von mir das Beste annehmen, alter Junge. Komm, laß uns das besiegeln. Nimm von mir das Beste an, wenn uns die Umstände je auseinanderbringen sollten!"

„Ich nehme von dir, Steerforth, weder das Beste noch das Schlechteste an, du wirst in meinem Herzen stets gleich geliebt und bewahrt."

Am nächsten Morgen stand ich auf, um allein fortzugehen, und als ich mich so leise wie möglich angekleidet hatte, schaute ich in sein Zimmer. Er schlief fest und lag entspannt da, seinen Kopf auf seinem Arm, so wie ich ihn oft während der Schulzeit gesehen hatte. Die Zeit drängte, und ich wunderte mich fast, als ich ihn betrachtete, daß nichts seine Ruhe störte. Aber er schlief – so möchte ich mich an ihn erinnern –, wie er oft während des Unterrichts geschlafen hatte. Und so, in dieser ruhigen Stunde, verließ ich ihn.
Nie mehr – oh, Gott möge dir vergeben, Steerforth – diese reglose Hand in Liebe und Freundschaft berühren. Nie, nie mehr!

2. Kapitel

Einige Monate waren vergangen, ehe ich wieder in diese Gegend kam und mich nachts dem alten Boot näherte.

Es war ein finsterer Abend, und es fing an zu regnen, als ich in die Nähe von Mr. Peggottys Haus kam und dem Licht, das aus den Fenstern fiel. Ein wenig Herumtappen im tiefen Sand brachte mich an die Tür, und ich ging hinein. Ich wurde zu einem kleinen Abendessen gebeten: Emilys Hochzeit mit Ham war in vierzehn Tagen geplant. Ein letztes Mal sollte ich sie als lediges Mädchen sehen. Die Stimmung war angenehm. Mr. Peggotty rauchte seine Abendpfeife, und es wurden nach und nach Vorbereitungen für das Abendessen getroffen. Das Feuer brannte hell, die Asche war gerüttelt, und der Kasten für Klein Emily stand auf seinem alten Platz. Mrs. Gummidge schien sich in ihrer Ecke ein wenig zu grämen, sie machte also einen Eindruck wie immer.

„Sie sind der erste, Master Davy! Setzen Sie sich! Es ist nicht nötig, Sie willkommen zu heißen, denn Sie sind stets herzlich willkommen“, sagte Mr. Peggotty.

Mrs. Gummidge seufzte.

„Frisch und munter, Mrs. Gummidge!“ sagte Mr. Peggotty.

„Nein, nein, Daniel, es hat keinen Zweck, mich aufzumuntern, denn mir geht ja doch alles schief. Kein anderes Wort trifft auf mich zu, als daß ich einsam und verloren bin.“

Nachdem er einige Augenblicke Mrs. Gummidge mit großem Wohlwollen angeblickt hatte, schaute Mr. Peggotty auf die Schwarzwälder Uhr, stand auf, putzte das Licht und stellte es ins Fenster.

„Da! Das hätten wir, Mrs. Gummidge!“ Mrs. Gummidge seufzte wieder ein wenig. „Das hätten wir, Mrs. Gummidge; angezündet wie gewohnt! Ihr fragt Euch, mein Herr, wozu das gut ist? Nun, es ist für unsere kleine Emily. Sie sehen, der Weg ist keineswegs beleuchtet oder geheuer nach Einbruch der

Dunkelheit, und wenn ich hier bin zur Stunde, da sie von ihrer Näharbeit in der Stadt heimkommt, stell ich das Licht ins Fenster. Damit wird zweierlei erreicht: Erstens sagt sich Emily: ‚Da bin ich zu Hause!' Und zweitens sagt sich Emily: ‚Mein Onkel ist da!' Denn bin ich nicht hier, wird kein Licht ins Fenster gestellt. Sie werden vielleicht sagen, das ist kindisch, mein Herr. Ich weiß nicht, aber in bezug auf Emily bin ich ein Kind. Freilich nicht dem äußeren Anschein nach, aber wohl, müssen Sie wissen, in der Art der Überlegungen. Es kümmert mich nicht, Gott segne Euch! Ich will Euch was sagen: Wenn ich mich so umschaue im hübschen Haus unserer Emily, alles ist für ihre Hochzeit bereit; es kommt mir vor, als wären die kleinsten Dinge sie selbst, ja, fast so. Ich nehm sie in die Hand und stell sie wieder hin, und ich faß sie so zärtlich an, als wären sie unsere Emily selbst. So ist's auch mit ihrem Hütchen und den andern Sachen. Ich könnt es nicht ertragen, würde sie jemand absichtlich rauh anfassen – nicht um alles in der Welt. Ich meine, das rührt daher, daß ich so lange mit Emily viel gespielt habe, als sie ein Kind war, als wir uns vorstellten, wir wären Türken und Franzosen und Haifische und jede Art von Exoten – oh Gott, ja; und Löwen und Walfische und was weiß ich was alles noch – als sie so groß war, daß sie mir gerade bis zum Knie reichte. Seht, so hab ich's mir angewöhnt. Nun, seht diese Kerze da! Ich weiß sehr gut, wenn sie verheiratet und nicht mehr da sein wird, werde ich die Kerze hinstellen, genauso wie jetzt, und vor dem Feuer sitzen und so tun, als würde ich sie erwarten, so wie ich's jetzt mache. Nun, gerade in dem Augenblick, da ich sehe, wie die Kerze aufflackert, sag ich mir: Sie sieht sie! Emily kommt! Und recht hab ich, denn da ist sie!"

Nein, es war nur Ham. Die Nacht schien noch durchnäßter geworden zu sein, seitdem ich angekommen war, denn er hatte einen großen Südwester auf, den er ins Gesicht gezogen hatte.

„Wo ist Emily?"

Ham machte eine Bewegung, als wäre sie draußen. Mr. Peggotty nahm das Licht vom Fenster, putzte es, stellte es auf den Tisch und starrte ins Feuer, als Ham, der sich nicht gerührt hatte, sagte:

„Master Davy, ich möchte, daß Sie eine Minute nach draußen kommen und schauen, was Emily und ich Ihnen zeigen möchten."

Als ich ihm folgte, sah ich zu meinem Erstaunen und zu meiner Bestürzung, daß er totenbleich war. Er machte die Tür hinter uns zu. Nur hinter uns zweien.

„Ham! Was ist los?"

„Meine Liebste, Master Davy – der Stolz und die Hoffnung meines Herzens – sie, für die ich gestorben wär und für die ich auch jetzt sterben würde –, sie ist fort!"

„Fort?"

„Sie haben studiert und wissen, was das Richtige ist und das Beste. Was soll ich drinnen sagen? Wie soll ich's ihm je beibringen, Master Davy?"

Ich sah, daß sich die Tür öffnete, und versuchte, sie zuzuhalten, um ein wenig Zeit zu gewinnen. Aber es war zu spät. Mr. Peggotty steckte seinen Kopf hinaus, und ich werde, selbst wenn ich fünfhundert Jahre alt werden würde, nie vergessen, wie sich sein Gesichtsausdruck veränderte, als er uns sah.

Ich erinnere mich noch an ein lautes Wehklagen und Weinen und wie Mrs. Gummidge ihn umarmte und wie wir alle im Raum standen. Ich hielt einen offenen Brief in meiner Hand, den mir Ham gegeben hatte. Mr. Peggotty mit seiner aufgerissenen Jacke, zerrauftem Haar, sein Gesicht und sein Mund weiß und Blut, das auf seine Brust tropfte (ich denke, es kam aus seinem Mund).

„Lest ihn, Herr, langsam, bitte. Ich weiß nicht, ob ich ihn verstehe."

Mitten in die Totenstille las ich den tränenbefleckten Brief, den mir Ham gegeben hatte. In Emilys Handschrift – gerichtet an ihn:

„*Wenn Du, der mich um so viel mehr liebt, als ich es verdient habe, sogar als ich noch unschuldig war, dies siehst, werde ich weit weg sein. Wenn ich mein geliebtes Zuhause – mein geliebtes Zuhause – oh, mein geliebtes Zuhause! – am Morgen verlasse...*" – der Brief trug das Datum des vorigen Abends –, „*...werde ich nicht mehr zurückkommen, außer er bringt mich als seine Gattin zurück. Du wirst dies am Abend finden, viele Stunden später und anstelle von mir. Um des Erbarmens willen, sag dem Onkel, daß ich ihn nie halb so lieb gehabt habe wie jetzt. Oh, erinnere Dich nicht, daß Du und ich je heiraten sollten – sondern denke so, als wäre ich gestorben, als ich klein war, und daß ich irgendwo begraben bin. Bete zum Himmel, von dem ich mich nun abwende, habe Mitleid mit meinem Onkel! Sei sein Trost. Liebe ein gutes Mädchen, das dem Onkel sein wird, was ich ihm einst gewesen bin, und das ehrlich zu Dir ist und Deiner wert und das keine andere Schande kennt als mich. Gott segne Euch alle! Wenn er mich nicht als Gattin zurückbringt und ich nicht mehr für mich selbst beten sollte, so werde ich doch für Euch alle beten. Meinen letzten Gruß an meinen Onkel. Meine letzten Tränen und mein letzter Dank meinem Onkel!*"

Das war alles.

Lange, nachdem ich aufgehört hatte zu lesen, stand er ruhig da und schaute mich an. Schließlich bewegte er langsam den Blick von meinem Gesicht und schaute im Raum umher.

„Wer ist der Mann? Ich möchte seinen Namen wissen."

Ham schaute mich an, und plötzlich überkam mich ein Schock.

„Master Davy! Gehn Sie ein Weilchen hinaus und lassen Sie mich ihm sagen, was ich sagen muß. Sie sollten es nicht hören, Herr."

Ich sank auf einen Stuhl und versuchte, eine Antwort zu formulieren, aber meine Zunge war gelähmt, und mein Blick war benebelt. Denn ich fühlte, daß der Mann mein Freund war – der Freund, den ich unglücklicherweise da eingeführt hatte –, Steerforth, mein alter Schulkamerad und mein Freund.

„Ich möchte seinen Namen wissen."

„Master Davys Freund. Er ist der Mann. Master Davy, es ist nicht Ihre Schuld – und ich bin weit davon entfernt, Sie verantwortlich zu machen –, aber es ist Ihr Freund Steerforth, und er ist ein verdammter Schurke!"

Mr. Peggotty rührte sich nicht mehr, bis er plötzlich zu erwachen schien und seinen derben Rock vom Haken in der Ecke riß.

„Helft mir doch. Ich bin wie vom Blitz getroffen und bin außerstande. Rührt euch und helft mir. Gut! Nun gebt mir meinen Hut dort!“
Ham fragte ihn, wohin er gehen wolle.
„Ich gehe meine Nichte suchen. Ich gehe meine Emily suchen. Ich gehe zuerst den Boden von dem Boot dort einschlagen, das er mir gegeben hat, um es da zu versenken, wo ich ihn ertränkt hätte, bei meiner Seele, wenn ich geahnt hätte, was in ihm vorging. Als er vor mir saß in diesem Boot, von Angesicht zu Angesicht, der Blitz möge mich treffen, ich hätte ihn ertränkt und hätte es für richtig gehalten! – Ich gehe meine Nichte suchen.“
„Wo?“
„Überall! Ich werde meine Nichte auf der ganzen Welt suchen. Ich werde meine arme Nichte in ihrer Schande finden und sie zurückbringen mit meinem Trost und meiner Vergebung. Niemand kann mich aufhalten! Ich sage euch, ich werde meine Nichte suchen! Ich werde sie überall suchen!“
Mrs. Gummidge trat aufschluchzend zwischen die beiden. „Nein, nein, Daniel, nicht in diesem Zustand. Such sie nach einem Weilchen, mein einsamer, verlorener Daniel, und dann wird es gut sein; aber nicht in dem Zustand. Setz dich nieder und vergib mir, wenn ich dir je ein Ärgernis gewesen bin, Daniel – was sind meine Widerwärtigkeiten im Vergleich zu dem! –, und laß uns ein Wort über die Zeiten sprechen, als sie noch ein Waisenkind war und Ham auch und als ich eine arme Witfrau war und du mich aufgenommen hast. Es wird dein Herz besänftigen, Daniel, und du wirst deinen Kummer leichter ertragen; denn du kennst die Verheißung, Daniel: Was ihr dem Geringsten getan habt, das habt ihr mir getan. Und das wird sich bewahrheiten unter diesem Dach, das unser Schutz gewesen ist in so vielen, vielen Jahren!“
Er war jetzt ganz ruhig, und als ich ihn weinen hörte, verwandelte sich meine Regung, mich auf die Knie zu werfen und Steerforth zu verfluchen, zu einem besseren Gefühl. Mein bedrängtes Herz fand dieselbe Erleichterung wie seines, und ich weinte auch.

3. Kapitel

Zu jener Zeit wohnte ich in meinen hoch gelegenen Zimmern in der Buckingham Street, am Strand, in London, und ich war Hals über Kopf in Dora verliebt. Ich lebte hauptsächlich von Dora und Kaffee. Mein Appetit war gering, und ich war froh darüber, denn ich fühlte, es wäre ein Akt der Untreue gegenüber Dora gewesen, hätte ich ein natürliches Verlangen nach meinem Mittagessen gehabt. Ich kaufte drei kostspielige Westen – nicht für mich; ich war nicht auf sie erpicht – für Dora. Ich fing an, strohfarbene Glacehandschuhe zu tragen, wenn ich ausging. Damals legte ich den Grundstein zu meiner Gewohnheit, Schnaps zu trinken. Die viel zu engen Stiefel, die ich damals trug, hätten aufs anschaulichste zeigen können, in welchem Zustand sich mein Herz befand.

Meine Haushälterin, Mrs. Crupp, war eine zudringliche Person, denn schon als meine Verbindung erst ein paar Wochen alt war, wußte sie bereits Bescheid. Eines Abends, als ich in gedrückter Stimmung war, kam sie zu mir herauf und fragte mich, während sie mit Atemnot kämpfte, ob ich ihr mit einer Kardamom-Tinktur, gemischt mit Rhabarber und versetzt mit sieben Tropfen Klee-Essenz, aushelfen könnte oder, wenn ich dies nicht hätte, mit einem kleinen Brandy. Da ich nie von einer derartigen Arznei gehört hatte und immer einen Brandy im Wandschrank hatte, gab ich Mrs. Crupp ein Glas, das sie – ich vermutete nicht, daß es einem unlauteren Zweck diente – sofort austrank.

„Prost, Sir", sagte Mrs. Crupp. „Verzeihen Sie. Ich kenne mich aus. Es ist eine Frau im Spiel."

„Mrs. Crupp?"

„Oh, Gott segne Sie! Seid guten Muts, Sir! Geben Sie nicht nach, Sir. Wenn sie Sie nicht anlächelt, denken Sie daran, viele andere würden es gerne tun. Sie sind ein junger Mann, der erwarten kann, daß er angelächelt wird, Mr. Copperfull, und Sie müssen lernen, sich richtig einzuschätzen, Sir."

Mrs. Crupp nannte mich immer Mr. Copperfull: erstens gewiß deshalb, weil ich nicht so hieß, und zweitens denke ich, daß es in einer unbestimmten Assoziation mit einem Waschtag geschah.

„Was bringt Sie zur Annahme, daß eine junge Frau im Spiel ist, Mrs. Crupp?"

„Mr. Copperfull, ich bin selbst Mutter. Ihre Stiefel und Ihre Taille sind beide zu schmal, und Sie essen

und trinken nicht genug, Sir. Sir, ich habe außer für Sie auch schon für andere junge Herren gewaschen. Der Herr vor Ihnen, der gestorben ist, verliebte sich... in ein Barmädchen. Obwohl er durch das Trinken aufgeschwemmt war, trug er seine Westen eng geschnitten."
„Mrs. Crupp, ich muß Sie bitten, die junge Dame in meinem Fall nicht mit einem Barmädchen oder dergleichen in Verbindung zu bringen, wenn Sie so gütig wären."
„Mr. Copperfull, ich bin selbst Mutter. Ich bitte um Vergebung, Sir, wenn ich hier eingedrungen bin. Ich werde niemals wieder wo eindringen, wo ich nicht willkommen bin. Aber Sie sind ein junger Mann, Mr. Copperfull, und mein Rat für Sie ist, werden Sie wieder fröhlich, bleiben Sie guten Muts, und lernen Sie Ihren Wert kennen. Wenn Sie was unternehmen würden, wenn Sie kegeln würden, nun... es ist gesund, Sie würden drauf kommen, daß es Ihren Geist ablenkt und Ihnen guttäte."
Ich beendete dies und wechselte das Thema, indem ich Mrs. Crupp darüber informierte, daß ich am nächsten Tag meine geschätzten Freunde Traddles und Mr. und Mrs. Micawber einladen würde. Und ich nahm mir die Freiheit, Seezunge, eine kleine Lammkeule und Taubenpastete vorzuschlagen. Mrs. Crupp brach angesichts meines ersten verschämten Hinweises darauf, daß sie den Fisch kochen könnte, in Aufruhr aus, erklärte sich aber einverstanden. Schließlich wurde ein Kompromiß erzielt, und Mrs. Crupp willigte ein, das Festmahl zuzubereiten, unter der Bedingung, daß ich vierzehn Tage danach auswärts speisen würde.
Nachdem ich das Nötige für eine Bowle Punsch besorgt hatte, die Mr. Micawber zubereiten sollte, ferner ein Fläschchen Lavendelwasser, zwei Wachskerzen, ein Päckchen verschiedener Nadeln und ein Nadelkissen – alles für Mrs. Micawbers Toilette an meiner Frisierkommode – gekauft hatte, in meinem Schlafzimmer zu Mrs. Micawbers größerem Wohlbefinden einheizen ließ und eigenhändig den Tisch gedeckt hatte, sah ich mit Fassung dem Kommenden entgegen.
Zur verabredeten Stunde trafen meine drei Besucher gemeinsam ein. Mr. Micawber mit einem höheren Hemdkragen als gewöhnlich und mit einem neuen Band an seinem Monokel; Mrs. Micawber mit ihrem noch verpackten Häubchen; Traddles, der das Päckchen trug, mit Mrs. Micawber am Arm. Alle waren sie von meiner Wohnung ganz entzückt. Als ich Mrs. Micawber zu meiner Frisierkommode geleitete und sie sah, in welchem Umfang Vorbereitungen für sie getroffen worden waren, war sie so begeistert, daß sie Mr. Micawber rief herbeizukommen, um alles zu sehen.
„Lieber Copperfield", sagte Mr. Micawber, „das ist wirklich luxuriös. Das ist ein Lebensstil, der mich an jene Zeit erinnert, da ich mich selbst noch im Zölibat befand. Ich bin jetzt in einem Stand, den man als bescheiden bezeichnen könnte; aber Sie sind sich dessen bewußt, daß ich während meiner Laufbahn so manche Schwierigkeiten überwunden und Hindernisse bewältigt habe. Es ist Ihnen nicht unbekannt, daß es Zeiten in meinem Leben gegeben hat, da es notwendig gewesen wäre innezuhalten, bis bestimmte Faktoren einträfen, da es notwendig erschienen war, mich zurückzuziehen vor einem – ich will nicht eines vermessenen Begriffs geziehen werden – Sprung nach vorn. Die Gegenwart ist einer jener folgenschweren Momente im Leben eines Mannes. Sie treffen mich in einem Zustand des

Rückzugs an, doch nur um einen Sprung nach vorn zu machen; und ich habe jeden Grund zu glauben, daß ein kraftvoller Sprung nach vorn das Ergebnis sein wird."

Ich sagte Mr. Micawber, daß ich auf ihn im Zusammenhang mit einer Bowle zählen würde, und führte ihn zu den Zitronen. Ich habe noch nie einen Menschen sich derart freuen sehen, als er rührte und mixte und kostete, so als würde er nicht bloß eine Bowle zubereiten, sondern den Grund legen für das Glück seiner Familie bis in die fernste Nachkommenschaft. Und Mrs. Micawber – ich weiß nicht, ob es die Wirkung des Häubchens war oder des Lavendelwassers oder der Nadeln oder des Feuers oder der Wachskerzen –, sie sah, als sie aus meinem Zimmer trat, allerliebst aus. Ich vermute – ich wagte nie eine Nachfrage, aber ich vermute, daß Mrs. Crupp nach dem Braten der Seezunge krank geworden war. Denn von da an ging alles schief. Die Lammkeule wurde gebracht, inwendig sehr rot und außen sehr blaß. Ferner gab es eine unbestimmte Substanz von sandiger Konsistenz, mit der sie bekleckert war, so als wäre sie in die Asche gefallen. Aber wir waren nicht imstande, darüber definitiv zu befinden, angesichts der Annahme, daß die Bratensoße unterwegs vermutlich auf den Treppenstufen gelandet war. Die Taubenpastete war nicht schlecht, aber es war eine trügerische Taubenpastete; denn die Rinde war, phrenologisch ausgedrückt, ein enttäuschender Schädel: voll von Erhöhungen und Beulen, aber nichts Besonderes darunter. Kurz, das Gastmahl war ein Fehlschlag, so daß ich recht unglücklich gewesen wäre – wegen des Mißlingens, meine ich, denn wegen Dora war ich ständig unglücklich –, wenn ich nicht durch die vortreffliche Laune meiner Gesellschaft entschädigt worden wäre.

„Mein lieber Freund Copperfield", sagte Mr. Micawber, „Unfälle kommen in den besten Familien vor und besonders in Familien, die nicht vom alles durchdringenden Einfluß, der die Genüsse heiligt, indem er sie erhöht... ah... ich wollte sagen, durch den Einfluß des Weibes, durch den erhabenen Charakter des Weibes. Wenn Sie mir die Bemerkung erlauben wollen, daß wenige Nahrungsmittel in ihrer Art besser sind als ein scharf gewürztes Gericht und daß ich glaube, wir könnten bei entsprechender Arbeitsteilung ein recht gutes zubereiten; wenn unsere jugendliche Bedienerin uns nur einen Rost zur Verfügung stellen wollte, so würde ich meinen, daß dieses kleine Mißgeschick leicht gutgemacht werden könnte."

In meiner Speisekammer befand sich ein Rost, auf dem ich meinen Frühstücksspeck briet. Wir schafften ihn rasch herbei; Traddles schnitt das Schaffleisch in Scheiben; Mr. Micawber gab Pfeffer, Senf, Salz und Cayennepulver drauf; ich legte sie auf den Rost, wendete sie mit der Gabel und nahm sie weg, alles unter Mr. Micawbers Anleitung; und Mrs. Micawber erwärmte und rührte Champignonsoße in einer kleinen Pfanne. Unter diesen Umständen kehrte mein Appetit wie durch ein Wunder wieder. Ich schäme mich, es zuzugeben, aber tatsächlich vergaß ich Dora für eine Weile.

„Punsch, mein lieber Copperfield", sagte Mr. Micawber, indem er davon kostete, sobald das Mahl vorüber war. „Ah, sein Geschmack ist gerade jetzt am intensivsten. Meine Liebe, kann ich dein Urteil hören?"

Mrs. Micawber fand ihn ausgezeichnet.

„Da wir so traulich zusammensitzen, Mr. Copperfield", sagte Mrs. Micawber, indem sie an ihrem Punsch nippte, „Mr. Traddles gehört gleichsam zur Familie, würde ich gern Ihre Ansicht über Mr. Micawbers Aussichten hören. Ich habe in meiner Familie darüber gesprochen, welcher Weg der aussichtsreichste sein könnte, den Mr. Micawber einschlagen sollte, und das Ergebnis war, daß er seine Aufmerksamkeit unverzüglich der Kohle zuwenden sollte."

„Wem zuwenden, Madam?"

„Der Kohle. Dem Kohlenhandel. Mr. Micawber sah sich zu Erkundigungen veranlaßt, daß sich da für einen Mann mit seiner Begabung im Medway-Kohlenhandel Möglichkeiten eröffnen würden. Wie Mr. Micawber ganz richtig bemerkte, bestand der erste Schritt, um sich Gewißheit zu verschaffen, darin, sich Medway anzusehen. Das taten wir denn auch. Ich sage ‚wir', Mr. Copperfield, denn ich werde Mr. Micawber nie im Stich lassen. Ich bin Frau und Mutter, und ich werde Mr. Micawber nie im Stich lassen."

Traddles und ich murmelten Worte der Bewunderung.

„Dies", sagte Mrs. Micawber, „dies ist schließlich meine Anschauung, mein lieber Mr. Copperfield und Mr. Traddles, von der Verpflichtung, die ich auf mich genommen habe, als ich die unwiderruflichen Worte wiederholt habe: ‚Ich, Emma, nehme dich, Wilkins, zum Mann.' Ich las die Texte der Messe am Vorabend bei Kerzenlicht durch, und der Schluß, den ich daraus ableitete, war, daß ich Mr. Micawber nie im Stich lassen würde."

„Meine Liebe", sagte Mr. Micawber ein wenig ungeduldig, „ich nehme nicht an, daß du etwas Derartiges tun würdest."

„Wir sahen uns Medway an", sagte Mrs. Micawber. „Meine Meinung über den Kohlenhandel an diesem Fluß war, daß er Begabung erfordern mag, in erster Linie aber Kapital. Begabung hat Mr. Micawber, Kapital hat Mr. Micawber nicht. Wir sahen, glaube ich, einen Großteil von Medway, und die persönlichen Schlüsse, die ich daraus zog, habe ich gesagt. Meine Familie war dann der Meinung, daß Mr. Micawber seine Aufmerksamkeit dem Getreide zuwenden sollte – in Kommission. Korn aber, wie ich immer wieder zu Mr. Micawber gesagt habe, mag zu einem Gentleman passen, aber es ist nicht einträglich. Eine Kommission im Ausmaß von zwei Schilling und neun Pence für vierzehn Tage kann bei aller Bescheidenheit nicht einträglich genannt werden."

Wir stimmten alle zu.

„Dann", sagte Mrs. Micawber, die sich damit brüstete, die Dinge klar zu sehen und Mr. Micawber strikt nach ihren weiblichen Einsichten zu leiten, wenn er beabsichtigte, abzuweichen, „dann sehe ich mich selbstverständlich um in der Welt und sage: ‚Was gibt es für ein Feld, auf dem die Begabung von jemandem wie Mr. Micawber Erfolg haben würde?' Ich bin davon überzeugt, daß Mr. Micawbers feine Manieren ihn besonders für das Bankgeschäft qualifizieren. Ich stelle mir die Frage, ob, hätte ich ein Depot bei einer Bank, die Anlagen von Mr. Micawber als Repräsentant dieser Bank Vertrauen vermitteln würden, und ich würde meine Beziehung zu diesem Institut vertiefen. Wenn sich aber verschiedene Banken weigern, sich Mr. Micawbers Fähigkeiten zunutze zu machen, und ein derartiges Anerbieten mit Geringschätzung zurückweisen, was hat es für einen Sinn, bei diesem Gedanken zu verweilen? Gar keinen. Was die Gründung einer Bank betrifft, so weiß ich recht wohl, daß einige Mitglieder meiner Familie das Fundament eines solchen Bankhauses bilden könnten, wenn sie ihr Geld Mr. Micawbers Händen anvertrauen wollten. Aber wenn sie ihr Geld nicht Mr. Micawbers Händen anvertrauen wollen – und sie wollen es nicht –, was nützt das Ganze? Und ich behaupte abermals, daß wir noch nicht weiter gekommen sind als vorhin."

Ich schüttelte den Kopf und sagte: „Nicht ein bißchen." Traddles schüttelte ebenfalls den Kopf und sagte: „Nicht ein bißchen."

„Was muß ich daraus folgern?" fuhr Mrs. Micawber fort, immer noch mit einer Miene, als müßte sie den Sachverhalt ganz klar machen. „Was ist der Schluß, mein lieber Copperfield, zu dem ich unwiderstehlich hingedrängt werde? Liege ich falsch, wenn ich sage: Es ist klar, daß wir leben müssen...?"

Ich antwortete: „Keineswegs!", und Traddles antwortete: „Keineswegs!" Und ich fügte noch die Bemerkung hinzu, daß der Mensch entweder leben oder sterben müsse.

„Vollkommen richtig", erwiderte Mrs. Micawber. „Genauso ist es. Aber hier: Mr. Micawber ist ohne geeignete Anstellung und ohne Beschäftigung. Auf wen fällt die Verantwortung? Ganz klar: auf die Gesellschaft. Und daher will ich eine so schmähliche Tatsache laut verkünden und die Gesellschaft kühn herausfordern, das in Ordnung zu bringen. Mir scheint, mein lieber Copperfield, was Mr. Micawber tun muß, ist, der Gesellschaft den Fehdehandschuh hinzuwerfen und ihr zu sagen: Zeige mir den, der ihn aufheben will. Der Kontrahent möge unverzüglich vortreten. Meiner Ansicht nach muß

Mr. Micawber Anzeigen in allen Zeitungen schalten und sich darin klar als der und der beschreiben, mit diesen und diesen Qualifikationen und schließlich festhalten: Nun, stellt mich an, zu einträglichen Bedingungen, und wendet euch mit frankierten Briefen an W. M., postlagernd, Camden Town. Zu diesem Zweck, denke ich, sollte Mr. Micawber eine bestimmte Geldsumme aufnehmen – auf einen Wechsel. Wenn keines meiner Familienmitglieder so viel natürliches Gefühl hat, diesen Wechsel zu begeben, dann bin ich der Meinung, Mr. Micawber sollte in die Stadt gehen und den Wechsel auf den Geldmarkt bringen, um den besten Preis dafür zu bekommen."

Ich hatte das Gefühl, obwohl ich nicht wußte, warum, daß Mrs. Micawber ein Beispiel höchster Selbstverleugnung und Anhänglichkeit gab, und murmelte etwas in diesem Sinn. Traddles nahm meinen Ton auf und äußerte etwas Ähnliches, und ich fühlte, daß sie eine vornehme Frau sei, eine jener Frauen, die eine der römischen Hausmütter hätte gewesen sein können, die alle möglichen Arten gefahrvoller Taten vollbringen konnten.

Unter diesem Eindruck beglückwünschte ich Mr. Micawber zu dem Schatz, den er besaß. Mr. Micawber streckte jedem von uns der Reihe nach die Hand hin, und dann bedeckte er sein Gesicht mit dem Taschentuch, auf dem, wie mir vorkam, mehr Schnupftabak zu sein schien, als er ahnte. Dann kehrte er in der heitersten Stimmung wieder zum Punsch zurück.
Mrs. Micawber bereitete Tee für uns auf die angenehmste Weise, und nach dem Tee diskutierten wir vor dem Kamin über die verschiedensten Themen, und sie war so gütig, uns mit einer kleinen, dünnen, flachen Stimme, die ich bereits bemerkt hatte, als ich sie zum ersten Mal gesehen hatte und die mir wie musikalisches Dünnbier vorgekommen war, die Lieblingsballaden vom „Flotten weißen Sergeanten" und „Klein Tafflin" vorzusingen. Wegen dieser beiden Lieder war Mrs. Micawber berühmt gewesen, als sie noch zu Hause bei Papa und Mama lebte. Mr. Micawber erzählte uns, daß er sich, als er sie zum ersten Mal singen gehört hatte, damals unter dem väterlichen Dach, ganz außerordentlich habe angezogen gefühlt, und als dann „Klein Tafflin" an die Reihe kam, habe er den Entschluß gefaßt, entweder das Herz dieses Mädchens zu gewinnen oder bei diesem Versuch unterzugehen.

Es war nach zehn Uhr, als Mrs. Micawber aufstand, um ihr Häubchen wieder in den Umschlag zu geben und ihren Hut aufzusetzen. Mr. Micawber nahm die Gelegenheit wahr, mir einen Brief zuzuspielen, und er flüsterte mir dabei zu, daß ich ihn, wenn ich Zeit hätte, lesen sollte. Auch ich ergriff die Chance, als ich meinen Gästen die Treppe hinunterleuchtete. Mr. Micawber mit seiner Frau am Arm ging zuerst, und ich hielt Mr. Traddles oben auf der Treppe für einen Augenblick fest.

„Traddles, Mr. Micawber meint es nicht böse, aber an deiner Stelle würde ich ihm nichts leihen."

„Mein lieber Copperfield, ich habe nichts, was ich leihen könnte."

„Du hast aber, wie du weißt, einen Namen."

„Oh! Du meinst, der wäre zu verborgen?"

„Gewiß."

„Oh! Allerdings! Ich bin dir zutiefst verpflichtet, Copperfield, aber – ich fürchte, den habe ich ihm schon geliehen."

„Für den Wechsel, der auf den Geldmarkt kommen soll?"

„Nein. Nicht für den. Ich hörte jetzt zum ersten Mal davon. Ich dachte, er werde mir auf dem Heimweg dazu einen Vorschlag machen. Ich meinte einen anderen Wechsel."

„Ich hoffe, es ist nichts Arges dran."

„Ich hoffe nicht. Zumindest glaube ich es nicht, weil er erst kürzlich sagte, daß er gedeckt ist. Mr. Micawber sagte ausdrücklich ‚gedeckt'."

Weil Mr. Micawber in diesem Augenblick heraufschaute, hatte ich nur noch Zeit, meine Warnung zu wiederholen. Traddles dankte mir und ging hinunter. Aber ich war sehr besorgt, als ich die vertrauensselige Art beobachtete, mit Mrs. Micawbers Häubchen in der Hand, daß er rettungslos auf den Geldmarkt geschleppt würde.

Ich kehrte in meine Stube zurück und las Mr. Micawbers Brief, der eineinhalb Stunden vor unserem Essen datiert war. Ich weiß nicht, ob ich das erwähnt habe, aber wenn sich Mr. Micawber in einer besonders verzweifelten Lage befand, bediente er sich einer Art juristischen Sprachstils, von dem er anzunehmen schien, daß er der Abwicklung seiner Angelegenheiten am besten entsprechen würde:

„Sir", stand im Brief, *„denn ich wage es nicht, mein lieber Copperfield zu sagen. Es besteht die Notwendigkeit, Sie davon zu unterrichten, daß der Unterzeichnete zermalmt ist. Einige schwache Versuche, Ihnen die vorzeitige Kenntnis seiner unglücklichen Lage zu ersparen, werden Sie vielleicht heute an ihm bemerken, aber die Hoffnung ist unter den Horizont gesunken, und der Unterzeichnete ist zermalmt. Gegenständliche Mitteilung wird in der persönlichen Nähe einer Person geschrieben (ich kann nicht von Gesellschaft sprechen), die sich in einem Zustand nahe der Trunkenheit befindet und die im Dienst eines Maklers steht. Diese Person ist im rechtlichen Besitz des Hauses, kraft einer Exekution wegen rückständigen Zinses. Das Inventar schließt nicht nur die dem Unterzeichneten gehörenden Mobilien jeder Art ein, sondern auch die des Mr. Thomas Traddles, Untermieters und Mitglieds der Ehrenwerten Gesellschaft des Inner Temple.*

Wenn noch ein bitterer Tropfen im überfließenden Kelch fehlte, der jetzt – um mit den Worten eines unsterblichen Dichters zu sprechen – den Lippen des Unterzeichneten geboten wird, so wäre er in der Tatsache zu finden, daß eine freundschaftliche Anerkennung eines Wechsels für dreiundzwanzig Pfund vier Schilling neuneinhalb Pence, die der oben erwähnte Mr. Thomas Traddles für den Unterzeichneten gegeben hat, fällig und nicht gedeckt ist. Ferner in der Tatsache, daß die am Unterzeichneten haftenden lebenden Verbindlichkeiten sich im Lauf der Natur noch um ein hilfloses Opfer vermehren werden, dessen unglückliches Erscheinen nach Verlauf – um in runden Zahlen zu sprechen – von nicht ganz sechs Monden von heute an zu erwarten steht.
Nachdem ich schon so viel gesagt, wäre es ganz überflüssig, hinzuzufügen, daß Staub und Asche für immer bedecken

DAS HAUPT
DES UNGLÜCKLICHEN
WILKINS MICAWBER.“

Selten wachte ich nachts auf, selten schaute ich hinauf zum Mond oder zu den Sternen oder beobachtete den fallenden Regen oder lauschte dem Wind, aber ich dachte oft an die einsame Gestalt des guten Fischers, der sich mühsam fortschleppte – armer Pilger! –, und erinnerte mich an seine Worte: „Ich gehe meine Nichte suchen. Ich werde sie überall suchen."

Monate vergingen, und er war die ganze Zeit verschwunden, niemand wußte, wohin. Es war ein bitterkalter Tag in London, und ein schneidender Nordostwind hatte geblasen. Mit der Dämmerung hatte der Wind aufgehört, und es hatte angefangen zu schneien. Mein kürzester Weg nach Hause – und ich nahm an einem solchen Abend naturgemäß den kürzesten – führte durch die Saint-Martin's-Gasse. Auf den Stufen der Kirche war die Gestalt eines Mannes. Und ich stand Angesicht zu Angesicht Mr. Peggotty gegenüber!

„Master Davy! Es tut meinem Herzen wohl, Euch zu sehen. Willkommen, willkommen!"

„Willkommen, mein lieber, alter Freund!"

„Ich hatte daran gedacht, Euch heute abend zu besuchen, Herr, aber es war zu spät. Ich wollte früh am Morgen kommen, bevor ich wieder fortgehe."

„Wieder?"

„Ja, Herr, morgen bin ich fort."

Damals gab es einen Nebeneingang in den Hof des Gasthofs „Zum Goldenen Kreuz". Zwei oder drei Gasträume gingen auf den Hof hinaus. Ich schaute in einen hinein, er war leer, und ein angenehmes Feuer brannte darin. Ich nahm ihn mit hinein.

„Master Davy, ich werde Euch erzählen, wo ich überall gewesen bin und was ich alles gehört habe. Ich bin weit gewesen, und ich habe wenig gehört. Aber ich werde Euch erzählen!"

Wie er so nachdenklich dasaß, war eine kraftvolle Würde in seinem Antlitz, welche ich keinesfalls zu stören wagte.
„Seht, Herr, als sie noch ein Kind war, sprach sie zu mir immer wieder von der See und über die Küsten, wo das Meer in dunkles Blau übergeht und wie sie schimmernd und glänzend in der Sonne liegen. Als sie... verlorengegangen war, dachte ich bei mir, daß er ihr Wundersames darüber erzählt hat und daß er sie in diese Länder bringen würde und wie er sie zuerst dazu gebracht hatte, ihm zuzuhören. Ich ging über den Kanal nach Frankreich und landete dort, als ob ich vom Himmel gefallen wäre. Ich suchte einen Engländer auf, der ein Amt innehatte, und sagte ihm, daß ich meine Nichte suche. Er verschaffte mir die Papiere, die ich benötigte – ich weiß nicht recht, wie sie heißen –, und er wollte mir auch Geld geben, aber ich war dankbar, daß ich keins nötig hatte. Gewiß bedankte ich mich für alles, was er für mich getan hatte! Ich dankte ihm, wie es meine Schuldigkeit war, und reiste durch Frankreich, um meine Nichte zu suchen."
„Allein und zu Fuß?"
„Meist zu Fuß, manchmal in Fuhrwerken mit Leuten, die unterwegs zum Markt waren, manchmal in leeren Kutschen. Viele Meilen täglich zu Fuß und oft mit dem einen oder andern Soldaten, der auf dem Weg war zu seinen Freunden. Ich konnte nicht mit ihm reden und er nicht mit mir, aber wir leisteten uns gegenseitig Gesellschaft, unterwegs auf den staubigen Straßen. Wenn ich in eine Stadt kam, suchte ich den Gasthof auf und wartete im Hof, bis jemand vorbeikam (meist kam jemand), der Englisch konnte. Dann erzählte ich, daß ich unterwegs bin, um meine Nichte zu suchen, und sie sagten mir, welche Leute in dem Haus waren, und ich wartete, um jemand zu sehen, ob ihr von den Ein- und Ausgehenden jemand ähnlich sieht. Wenn Emily nicht darunter war, ging ich wieder. Nach und nach, wenn ich in ein Dorf kam oder so, merkte ich, daß die armen Leute bereits über mich Bescheid wußten. Sie ließen mich vor der Tür ihrer Hütten hinsitzen und gaben mir vom Besten zu essen und zu trinken und zeigten mir, wo ich schlafen konnte.
Und, Master Davy, viele Frauen, die eine Tochter etwa in dem Alter hatten wie Emily, warteten auf mich beim Kreuz unseres Erlösers außerhalb des Dorfs, um mir ähnliche Freundlichkeiten zu erweisen. Einige hatten Töchter gehabt, die tot waren. Und einzig Gott weiß, wie gut diese Mütter gegen mich waren!"
Ich legte meine zitternde Hand auf die Hand, die er vor sein Gesicht hielt. „Dank Euch, Herr, achtet nicht drauf.
Schließlich kam ich ans Meer. Sie werden annehmen, daß es für einen Seefahrer wie mich nicht schwer gewesen sein mag, seinen Weg nach Italien zu verdienen. Als ich dorthin kam, wanderte ich weiter, wie ich es zuvor schon getan hatte. Ich bekam Nachricht, daß sie drüben in den Schweizer Bergen gesehen worden sei. Ich machte mich auf zu diesen Bergen und ging Tag und Nacht. Je weiter ich ging, desto weiter schienen die Berge von mir wegzurücken. Aber ich gelangte hin, und ich überquerte sie. Ich zweifelte nie an ihr. Nein! Nicht ein bißchen! Laß sie nur mein Gesicht sehn – laß sie

nur meine Stimme hören – laßt nur meine stille Gegenwart in ihr Erinnerungen ans Zuhause wecken, von wo sie geflohen war, und an das Kind, das sie gewesen ist –, und selbst wenn aus ihr eine königliche Dame geworden wäre, sie wäre hingestürzt zu meinen Füßen! Ich wußte es genau! Ich kaufte ein Trachtenkleid für sie, um ihr dieses Kleid anzuziehen, damit sie wegwerfen könnte, was sie trug – um sie wieder in den Arm zu nehmen und heimwärts zu wandern – manchmal auf dem Weg auszuruhn, um die schmerzenden Füße zu besänftigen und das noch ärger schmerzende Herz – das waren meine einzigen Gedanken. Aber, Master Davy, es sollte nicht sein – noch nicht! Ich kam zu spät, und sie waren fort. Wohin, konnte ich nicht erfahren. Einige sagten dahin, andere sagten dorthin. Ich reiste dahin, und ich reiste dorthin, aber ich fand keine Emily, und ich reiste nach Hause."

„Wie lange ist das her?"

„So ungefähr vier Tage. Ich erblickte das alte Boot nach dem Dunkelwerden, und ich bin sicher, ich hätte niemals gedacht, daß das alte Boot so befremdlich aussehen kann!"

Aus einer seiner Brusttaschen zog er äußerst vorsichtig ein Papierbündel heraus, das zwei oder drei Briefe oder Päckchen enthielt, welche er auf den Tisch legte.

„Die treue Seele Mrs. Gummidge gab mir dies. Der erste kam, nachdem ich eine Woche weggewesen war. Eine Fünfzig-Pfund-Note in einem Bogen Papier, gerichtet an mich und nachts unter die Tür

gesteckt. Sie versuchte, ihre Schrift zu verstellen, aber für mich konnte sie sie nicht verstellen! Der eine kam an Mrs. Gummidge, vor zwei oder drei Monaten. Fünf Pfund."

Das Geld war unberührt wie auch die andere Summe, und er faltete beide wieder zusammen.

„Ist da noch ein weiterer Brief in Ihrer Hand?"

„Es ist auch Geld, Herr. Zehn Pfund, seht. Und innen steht geschrieben: Von einem treuen Freund. Aber die beiden ersten wurden unter die Tür gesteckt, und der kam mit der Post, vorgestern. Ich werde sie aufgrund des Poststempels suchen."

Er zeigte ihn mir. Es war eine Stadt am Oberrhein. Er hatte in Yarmouth einige ausländische Händler gefunden, die dieses Land kannten, und sie hatten ihm auf Papier eine grobe Karte gezeichnet, die er sehr gut lesen konnte. Ich fragte ihn, wie es Ham ginge.

„Er arbeitet so energisch, wie ein Mann nur kann. Man hört ihn nicht klagen. Aber ich glaube (unter uns gesagt), daß es ihn tief getroffen hat. Gut, daß ich Ihnen heute abend begegnet bin, Master Davy (und es tut mir gut!), ich werde morgen frühzeitig weg sein. Ihr habt gesehn, was ich da bekommen habe", er faßte mit der Hand dorthin, wo das kleine Paket steckte. „Alles, was mich beunruhigt, ist, daß mir etwas zustoßen könnte, bevor dieses Geld zurückgegeben ist. Wenn ich sterben sollte und es ginge verloren oder würde gestohlen oder es käme auf irgendeine Weise abhanden und er wäre der Meinung, ich hätte es angenommen, ich glaube nicht, daß mich das Jenseits halten könnte! Ich glaube, ich müßte zurückkommen!"

Er stand auf, und ich stand auch auf. Wir faßten uns gegenseitig an der Hand, und wir gingen hinaus in die strenge Nacht, alles schien sich vor ihm in Ehrerbietung zu beugen, als er seine einsame Reise durch den Schnee fortsetzte.

5. Kapitel

Die ganze Zeit über fuhr ich fort, Dora inniger zu lieben als jemals zuvor. Ich möchte es so ausdrücken: Ich war erfüllt von Dora. Ich war nicht bloß Hals über Kopf in sie verliebt, ich war durch und durch davon durchdrungen. Ich ging nachts nach Norwood, wo sie wohnte, und wanderte stundenlang immer wieder rund um Haus und Garten, schaute durch den Lattenzaun und machte gewaltige Anstrengungen, um mein Kinn über die rostigen Nägel auf den Pfählen zu bringen, schickte Küsse zu den erleuchteten Fenstern und rief romantisch die Nacht an, daß sie meine Dora beschützen möge. – Ich wußte nicht wovor – ich nehme an vor Feuer – vielleicht vor Mäusen, vor denen sie eine große Abneigung hatte.
Dora hatte eine verschwiegene Freundin, alt im Vergleich zu ihr – fast im reifen Alter von zwanzig, würde ich sagen –, sie hieß Miss Mills. Dora nannte sie Julia, und sie war Doras Busenfreundin. Glückliche Miss Mills!
Eines Tages sagte Miss Mills: „Dora kommt zu mir. Sie kommt übermorgen. Wenn Sie vorbeischauen würden, ich bin sicher, Papa würde Sie gerne kennenlernen."
Ich verbrachte drei Tage in übermäßigem Elend, und dann ging ich, zu diesem Anlaß sehr aufwendig herausgeputzt, zu Miss Mills, mit einer Erklärung in der Tasche.
Mr. Mills war nicht zu Hause. Ich hatte nicht erwartet, daß er dasein würde. Niemand brauchte ihn. Miss Mills war zu Hause. Miss Mills ging an. Ich wurde in ein Zimmer nach oben gebracht, wo sich Miss Mills und Dora aufhielten. Doras kleiner Hund Jip war da. Miss Mills schrieb Noten ab, und Dora malte Blumen. – Was fühlte ich, als ich bemerkte, daß es Blumen waren, die ich ihr geschenkt hatte! Miss Mills freute sich, daß ich gekommen war, und bedauerte, daß ihr Papa nicht zu Hause war. Doch ich dachte, daß wir das alle mit großer Fassung ertrugen. Miss Mills führte das Gespräch ein paar Minuten weiter, legte dann ihre Feder hin, stand auf und verließ das Zimmer.
Ich überlegte schon, es bis morgen aufzuschieben.
„Ich hoffe, Ihr Pferd war nicht müde, als es neulich abends heimkam von diesem Picknick", sagte Dora, indem sie mit ihren schönen Augen aufblickte. „Es hatte einen weiten Weg."

Ich überlegte, daß ich die Sache doch noch heute vorbringen wollte.
„Es war ein weiter Weg für mein Pferd, denn es hatte unterwegs nichts, was es munter halten konnte."
„Hat es kein Futter bekommen, das arme Pferd?" fragte Dora.
Ich überlegte, es doch bis morgen aufzuschieben.
„O ja, es wurde bestens betreut. Ich meine nur, es fühlte nicht das unaussprechliche Glück, das ich in Ihrer Nähe empfand."
Mir war jetzt klar, daß keine Umkehr mehr möglich war und daß es auf der Stelle geschehen mußte.
„Ich weiß nicht, warum Sie darauf bedacht sein wollten, in meiner Nähe zu sein", sagte Dora, „oder warum Sie es ein Glück nennen sollten. Aber selbstverständlich meinen Sie nicht, was Sie sagen. Jip, du garstiger Kerl, komm her!"
Ich weiß nicht, wie ich es anfing, aber es geschah in einem Augenblick. Ich kam Jip zuvor. Ich hielt Dora in meinen Armen. Ich war voll überströmender Beredsamkeit. Ich war um kein einziges Wort verlegen. Ich sagte ihr, wie sehr ich sie liebte. Ich sagte ihr, daß ich ohne sie sterben würde. Ich sagte ihr, daß ich sie verehrte und anbetete. – Jip bellte die ganze Zeit fürchterlich.
Meine Beredsamkeit wuchs, und ich sagte, wenn sie wolle, daß ich sterbe, müsse sie nur ein Wort sagen, und ich wäre bereit. Ich hätte sie jede Minute bei Tag und Nacht geliebt, seit ich sie zum ersten Mal gesehen hätte. Ich liebte sie in diesem Augenblick bis zur Verzweiflung. Ich würde sie stets bis zur Verzweiflung lieben. Es hätten Liebende früher geliebt, und Liebende würden künftig lieben; aber kein Liebender hätte jemals geliebt oder würde, könnte, wollte oder sollte jemals so lieben, wie ich Dora liebte. – Je mehr ich in Verzückung geriet, desto mehr bellte Jip. Jeder von uns steigerte sich mit jeder Minute noch mehr.
Nun, Dora und ich saßen Seite an Seite auf dem Sofa, einigermaßen beruhigt, und Jip lag auf ihrem Schoß und zwinkerte mich friedlich an. Die Last war von meinem Herzen. Ich war total verzückt. Dora und ich waren verlobt.
Da ich arm war, schien es mir nötig, das nächste Mal, wenn ich zu meinem Liebling gehen würde, mich über dieses unglückselige Hindernis zu verbreitern. Bald trug ich Trostlosigkeit in den Busen unserer Freuden – nicht daß ich dies beabsichtigte, aber das Thema beschäftigte mich derart, daß ich Dora ohne die geringste Vorbereitung fragte, ob sie einen Bettler lieben könnte.
„Wie kannst du mich so etwas Närrisches fragen? Einen Bettler lieben!"
„Dora, meine Liebste, ich bin ein Bettler!"
„Wie kannst du ein so dummer Kerl sein", antwortete Dora und schlug mir auf die Hand, „hier zu sitzen und solche Geschichten zu erzählen! Ich werde Jip sagen, daß er dich beißen soll, wenn du dich so lächerlich aufführst."
Aber ich schaute so ernst drein, daß Dora zu weinen anfing. Sie hörte nicht auf zu rufen: „Oh, mein Lieber! Oh, mein Lieber!" und „Ach, wie bin ich erschrocken!" und „Wo ist Julia Mills!" und „Geh, ich bitte dich!", bis ich fast außer mir war.

Es kam mir vor, als hätte ich sie umgebracht. Ich sprengte Wasser in ihr Gesicht. Ich warf mich auf die Knie. Ich raufte mir die Haare. Ich flehte sie um Vergebung an. Ich bat sie dringend, die Augen aufzuschlagen.
Ich durchwühlte Miss Mills' Behälter mit Arbeitsutensilien nach einem Riechfläschchen, ergriff aber statt dessen in meiner Pein einen Behälter mit Elfenbeinnadeln und schüttete all die Nadeln über Dora. Letztlich brachte ich Dora dazu, mich anzusehen, mit einem Ausdruck des Entsetzens, den ich allmählich besänftigte, bis er schließlich Liebe ausdrückte und ihre zarte, hübsche Wange an der meinen lag.
„Ist dein Herz noch immer mein, geliebte Dora?"
„O ja, o ja, es ist ganz dein. Oh, sei nur nicht so schrecklich!"
Ich und schrecklich zu Dora!
„Sprich nicht darüber, arm zu sein und schwer zu arbeiten! Oh, nur das nicht!"
„Allerliebste, die wohlverdiente Brotkrume..."
„O ja, aber ich will nicht mehr das geringste über Brotkrumen hören. Und wenn wir verheiratet sind, muß Jip jeden Tag um zwölf ein Lammkotelett haben, sonst stirbt er."
Ich war entzückt von ihrer kindlichen bezaubernden Art, und ich versicherte Dora zärtlich, daß Jip sein Lammkotelett mit gewohnter Pünktlichkeit bekommen solle.

Als wir ungefähr ein halbes Jahr verlobt waren, bat mich Dora, ich möge ihr das Kochbuch geben, von dem ich einmal gesprochen hatte, und ihr zeigen, ein Hauswirtschaftsbuch zu führen, wie ich ihr das einmal versprochen hatte. Ich brachte das Buch bei meinem nächsten Besuch mit (ich erstand ein hübsch gebundenes, damit es einen nicht so trockenen und mehr einladenden Eindruck mache); und ich zeigte ihr ein altes Hauswirtschaftsbuch meiner Tante, und ich gab ihr einige Notizbücher und eine hübsche Bleistifthülse sowie eine Schachtel mit Stiften, damit sie sich in Haushaltsführung üben könne.

Aber das Kochbuch löste bei Dora nur Kopfweh aus, und die Zahlenangaben brachten sie zum Weinen. Sie ließen sich nicht addieren, meinte sie. So radierte sie die Zahlen aus und zeichnete kleine Blumensträuße, alle Notizbücher voll.

Die Zeit verging, und schließlich hielt ich die Heiratsurkunde in meiner Hand. Hier standen die zwei Namen in der süßen, seit langem erträumten Verbindung, David Copperfield und Dora Spenlow; und da in der Ecke befand sich jenes väterlich-schützende Zeichen, das amtliche Siegel, das auf unsere Vereinigung herabblickte; und da, in Form von Worten, war der Erzbischof von Canterbury gegenwärtig, um für uns den Segen zu erflehen – er tat dies übrigens so preisgünstig, wie es nur erwartet werden konnte!

Ich zweifle, ob zwei junge Vögel weniger von der Führung eines Hauses hätten verstehen können als ich und meine hübsche Dora. Wir hatten selbstverständlich eine Haushälterin. Sie besorgte den Haushalt. Wir erlebten eine arge Zeit mit Mary Anne.

Sie hieß Muster. Als wir sie anstellten, wurde uns geschildert, daß sich ihr Wesen nur schwächlich im Namen ausdrücke. Sie hatte ein Dienstzeugnis, so ausführlich wie eine öffentliche Bekanntmachung; und gemäß diesem Dokument war sie zu allem fähig, was ich je von einem Dienstboten gehört hatte, und darüber hinaus zu einer Fülle von Tätigkeiten, von denen ich noch nie gehört hatte. Sie war eine Frau in der Blüte ihrer Jahre, mit einem herben Gehabe; und sie litt (vor allem auf den Armen) an einer Art fortwährender Masern. Sie hatte einen Vetter in der Leibgarde mit so langen Gliedern, daß er wie jemandes Nachmittagsschatten aussah. Sie war garantiert nüchtern und ehrenwert. Und daher neige ich zur Annahme, daß sie ganz in Ordnung war, als wir sie einmal unter dem Dampfkessel fanden; und daß die fehlenden Teelöffel dem Müllkutscher zuzuschreiben waren. Sie war die Ursache unseres ersten kleinen Zwists.

„Meine Liebste“, sagte ich eines Tages zu Dora, „glaubst du, daß Mary Anne einen Begriff von der Zeit hat?“

„Warum, Doady?“

„Meine Liebe, jetzt ist es fünf, und wir hätten um vier essen sollen.“

Meine kleine Frau setzte sich auf meine Knie, um mich mit Schmeicheleien zum Schweigen zu bringen, und sie zog mit ihrem Bleistift eine Linie über meinen Nasenrücken. Aber davon wurde ich nicht satt, obwohl es sehr angenehm war.

„Denkst du nicht, daß es besser wäre, mit Mary Anne ins Gericht zu gehen?“

„O nein, bitte! Das kann ich nicht, Doady!"

„Warum nicht, meine Liebe?"

„Oh, weil ich eine so kleine Gans bin, und sie weiß das!"

Es war mir klar, daß diese Vorstellung unvereinbar war mit der Absicht, mit Mary Anne ein System geeigneter Spielregeln einzurichten, und ich runzelte ein wenig die Stirn.

„Mein wertes Frauchen, wir müssen zuweilen ernst sein. Komm! Setz dich auf diesen Stuhl, eng an meiner Seite! Gib mir den Bleistift! Da! Nun laß uns vernünftig reden. Du weißt, meine Liebe..." – wie klein war doch die Hand, die ich da hielt, und wie winzig war der Ehering! „Du weißt, meine Liebe, es ist nicht gerade angenehm, ohne Mahlzeit außer Haus gehen zu müssen. Nicht wahr?"

„N – n – nein!" antwortete Dora schwach.

„Meine Liebe, wie du zitterst!"

„Weil ich weiß, daß du mich ausschimpfen wirst."

„Meine Süße, ich will nur Gründe vorbringen."

„Oh, Gründe vorbringen ist noch weit ärger als schimpfen! Ich habe nicht geheiratet, damit man mir Gründe vorbringt."

„Du wirst dich sicher erinnern, daß ich gestern weggehen mußte, als das Abendessen erst halb vorüber war; und daß ich vorgestern in Eile Fleisch essen mußte, das nur halb durch war; heute habe ich überhaupt nicht gegessen – und ich will gar nicht sagen, wie lang wir auf das Frühstück gewartet haben –, und dann kochte das Wasser nicht. Ich will dir keine Vorwürfe machen, aber es ist nicht angenehm."

„Ich überlege mir umgekehrt dir welche zu machen, wenn du so undankbar daherredest. Du weißt, am Tag zuvor, als du sagtest, du hättest so gerne ein Stückchen Fisch, daß ich wegging, Meilen um Meilen, um welchen zu besorgen, damit ich dich überrasche."

„Und es war sehr liebenswürdig von dir, mein Liebling, und ich hatte mir fest vorgenommen, keinesfalls zu erwähnen, daß du Lachs gekauft hast – viel zu viel für zwei Personen. Oder daß er ein Pfund sechs Pence gekostet hat – viel mehr, als wir uns leisten können."

„Er hat dir sehr geschmeckt", schluchzte Dora. „Und du nanntest mich Mäuschen."

„Und ich wiederhole es, meine Liebe, tausendmal!"

Ich sagte es tausendmal und öfter, und ich fuhr fort, es zu sagen, bis Mary Annes Vetter in unserem Kohlenkeller verschwand und zu unserem Erstaunen von einer Abordnung seiner bewaffneten Kameraden wieder hervorgeholt wurde, die ihn in Handschellen in einer Prozession wegbrachten, was unseren Vorgarten mit Schande erfüllte.

Jeder, mit dem wir es zu tun bekamen, schien uns zu betrügen. Unser Auftauchen in einem Laden war das Zeichen dafür, sofort die unansehnlichen Waren auszulegen. Wenn wir einen Hummer kauften, war er voll Wasser. Das Fleisch erwies sich jedesmal als zäh, und auf den Brotlaiben war kaum eine Kruste. Daß die Waschfrau die Kleider verpfändet und sich unterwürfig für ihre Trunkenheit entschuldigt, nehme ich an, ist anderen auch schon passiert. Auch der Kaminbrand, zu dem die Gemeindespritze

ABC

angerückt kam und bei dem der Gerichtsdiener Grobheiten austeilte. Aber ich begriff: Wir hatten kein Glück mit unserem Personal. Wessen prinzipielle Aufgabe war es denn, mit dem Koch zu streiten und mit einem Hagel von Topfdeckeln rechnen zu müssen? Wir wollten ihn loswerden, aber er war so anhänglich und wollte nicht gehen, bis er eines Tages Doras Uhr stahl und das Geld dafür (er war immer ein schlechter Kerl) dazu verwendete, zwischen London und Uxbridge hin- und herzureiten – außerhalb der Rennbahn. Er wurde auf die Polizeistation gebracht, als er die Reise zum fünfzehnten Mal gemacht hatte; vier Pfund und sechs Pence sowie ein Fünfer, den er nicht hatte setzen können, waren bei ihm gefunden worden.

Er wurde vor Gericht gestellt und für den Abtransport bestimmt. Selbst da konnte er noch nicht Ruhe geben, sondern schrieb uns ständig Briefe; er verlangte so sehr danach, vor seinem Weggang Dora zu sehen, daß Dora aufbrach, um ihn zu besuchen, und sie wurde ohnmächtig, als sie sich hinter Gittern befand. Ich fand keinen Frieden in meinem Leben, bis er abgeschoben wurde und, wie ich später hörte, als Schäfer irgendwo auf dem Lande lebte; ich habe keine geographische Vorstellung davon, wo.

„Mir tut dies alles sehr leid, Doady“, sagte Dora. „Willst du mir einen Namen geben, den ich gern haben möchte?“

„Welchen denn, meine Liebe?“

„Es ist ein dummer Name: Kind-Frau. Wenn du mir böse bist, denke dir: Es ist nur meine Kind-Frau. Wenn ich dich enttäusche, denke dir: Ich wußte schon lange, daß sie als Frau nur eine Kind-Frau sein würde. Wenn du an mir vermißt, was ich gern sein möchte und vielleicht nie werden kann, sage nur: Meine Kind-Frau liebt mich doch. Denn das tu ich wirklich.“

Ich beschwöre das unschuldige Wesen, das ich innig liebte, damit es aus den Nebeln und Schatten der Vergangenheit heraustrete und seinen zarten Kopf mir wieder zuwende, damit ich Gewißheit hätte, daß das, was ich antwortete, es glücklich machte.

6. Kapitel

Eines Tages hörte ich Fußstapfen auf der Stiege. Ich wußte, daß es jene von Mr. Peggotty waren. Sie kamen näher und stürmten ins Zimmer.

„Master Davy, ich hab sie gefunden! Ich dank meinem himmlischen Vater dafür, daß er mich auf seinen Wegen zu meinem Liebling geleitet hat!"

„Sie haben für die Zukunft alle nötigen Entschlüsse gefaßt, guter Freund?"

„Ja, Master Davy, es gibt machtvolle Länder weit von hier. Unsere Zukunft liegt jenseits des Meeres."

Nachdem er mir beide Hände gegeben hatte, beeilte er sich, auf das eine Thema zurückzukommen, das sein achtenswertes Dasein bestimmte. Ich dachte an Ham, daran, wer ihm wohl das Geheimnis offenbaren werde. Mr. Peggotty hatte an alles gedacht. Er hatte bereits an den armen Kerl geschrieben und hatte den Brief in der Tasche seiner rauhen Jacke, fertig zum Abschicken. Ich sprach ihn darauf an und sagte, daß ich nach Yarmouth fahren und vor der Übergabe des Briefs an Ham mit ihm sprechen werde, um ihn auf den Inhalt vorzubereiten. Mr. Peggotty bedankte sich aufrichtig, und wir schieden voneinander, nachdem wir vereinbart hatten, daß ich noch in derselben Nacht mit der Postkutsche nach Yarmouth fahren würde. Am Abend fuhr ich los.

„Kommt Ihnen der Himmel nicht sehr merkwürdig vor?" fragte ich den Kutscher an der ersten Station außerhalb von London. „Ich erinnere mich nicht, so etwas schon einmal gesehen zu haben."

„Ich auch nicht. Das bedeutet Sturm, mein Herr. Es wird nicht lange dauern, und es gibt ein Unglück auf See."

Es gab einen düsteren Aufruhr fliegender Wolken, die sich zu merkwürdigen Haufen aufeinandertürmten. Der Mond raste mitten durch sie hindurch, als wäre er in einem fürchterlichen Durcheinander der Naturgesetze aus seiner Bahn geworfen. Es war den ganzen Tag über windig gewesen, und der Wind wurde mit einem außergewöhnlichen Brausen immer stärker. Nach einer Stunde war er mächtig angeschwollen, und der Himmel war noch düsterer.

Mit dem Vorrücken der Nacht wurde der Sturm immer heftiger. Ich war in Yarmouth gewesen, als ich Seeleute sagen hörte, daß es wie aus vollen Rohren blase. Aber so etwas wie jetzt hatte ich noch nie erlebt, auch nicht etwas, das dem annähernd gleichgekommen wäre.
Als ich ans Ziel meiner Reise kam, war ich bestürzt von der fürchterlichen See. Wie die hohen Wassermassen heranrollten und im Seichten zerstoben, kam es mir vor wie ein Erdbeben und eine Umwälzung der ganzen Natur.
Als ich Ham nicht unter den Menschen gefunden hatte, die wegen dieses denkwürdigen Sturms an der Küste zusammengekommen waren, ging ich zu seinem Haus. Ich erfuhr, daß er weggegangen war, um ein paar Meilen von zu Hause eine Zimmermannsarbeit zu erledigen, daß er aber zeitig am nächsten Morgen zurücksein würde.
Daher ging ich in den Gasthof zurück. Als ich mich gewaschen und ausgekleidet hatte und zu schlafen versuchte, war es später Nachmittag. Kaum daß ich fünf Minuten am Kamin des Kaffeezimmers gesessen hatte, kam der Kellner, um das Feuer zu schüren, und erzählte, daß zwei Kohlenschiffe wenige Meilen von der Küste mit der gesamten Mannschaft auf Grund gegangen wären. Einige andere Schiffe wären schon an der Reede und bemühten sich vergeblich, sich mit großer Mühe von der Küste fernzuhalten. „Möge sich Gott ihrer und aller Matrosen erbarmen", sagte er, „sollten wir noch so eine Nacht erleben wie die vergangene!"
Ich konnte nicht essen, ich konnte mich nicht ruhig halten, ich konnte mich auf nichts konzentrieren. Ich schickte mein Essen fast unberührt wieder zurück und versuchte, mich mit ein oder zwei Gläsern Wein zu stärken, vergeblich. Ich ging auf und ab, versuchte eine alte Zeitung zu lesen und horchte auf den furchtbaren Lärm; ins Feuer schauend, erblickte ich Gesichter, Szenen und Gestalten. Mit der Zeit plagte mich das Ticken der unbeirrbaren Uhr an der Wand derart, daß ich beschloß, zu Bett zu gehen. Stundenlang lag ich im Bett und hörte dem Tosen des Sturmes und des Meeres zu. Einmal bildete ich mir ein, draußen auf der See Schreie zu hören, dann, daß ich ganz deutlich das Donnern von Signalschüssen höre und dann das Zusammenstürzen von Häusern in der Stadt. Mit der Zeit wuchs meine Unruhe dermaßen, daß ich mich hastig ankleidete und hinunterging. In der großen Küche drängten sich das gesamte Dienstpersonal des Gasthofs und einige andere Leute zusammen. Ein Mann fragte mich, als ich mich daruntermengte, ob das die Seelen der Mannschaften von den untergegangenen Kohlenschiffen seien, draußen im Sturm.
Als ich nach längerem in mein einsames Zimmer zurückkehrte, herrschte da beklemmende Düsternis; aber ich war nun so müde, daß ich, sobald ich zu Bett gegangen war, in einen tiefen Schlaf sank – bis zum hellichten Tag. Ich stand um acht oder neun Uhr auf, nachdem jemand an meine Tür geklopft und gerufen hatte.
„Was ist los?"
„Ein Wrack! Ganz nahe!"
„Was für ein Wrack?"

„Ein Schoner aus Spanien oder Portugal, beladen mit Früchten und Wein. Machen Sie schnell, Herr, wenn Sie ihn sehen wollen! Unten am Strand glaubt man, daß er jeden Augenblick in Stücke bersten könnte."

Ich warf mich so rasch wie möglich in die Kleider und rannte auf die Straße, wo schon eine Menge Leute waren, die alle in eine Richtung rannten – zum Strand. Als ich dorthin gelangte – bei der Schwierigkeit, irgend etwas außer dem Sturm und den Wellen zu hören, in der Masse der Menschen und bei dem unglaublichen Durcheinander und meiner atemlosen Anstrengung, dem Wetter standzuhalten –, war ich so durcheinander, daß ich hinaus auf die See blickte, um nach dem Wrack zu schauen, doch sah ich nichts als die Schaumkronen der hohen Wellen. Ein Bootsführer legte seine Hand auf meinen Arm und wies die Richtung. Da sah ich es, dicht neben uns!

Ein Mast war sechs oder acht Fuß über dem Deck glatt abgebrochen und hing über die Seite, verstrickt in einen wirren Haufen von Segeln und Tauwerk, und die ganze Masse schlug, während das Schiff sich in den Wogen wälzte – was es mit Gewalt und ganz unkontrolliert tat –, gegen die Seite, als ob sie sie zerschmettern wollte.

Es wurden etliche Anstrengungen unternommen, diesen Teil des Wracks zu entfernen. Denn als das Schiff, das mit der Breitseite nach dem Lande zu lag, sich auf uns zu wälzte, erkannte ich deutlich, wie die Mannschaft mit Äxten arbeitete – vor allem eine besonders aktive Gestalt mit langen Locken. Aber da ertönte ein lauter Schrei vom Strand, hörbar sogar trotz Sturm und Wasser. Die See, die über das Wrack hinwegschwappte, fegte alles leer und riß die Männer, Spieren, Fässer, Planken, Schanzen wie Spielzeug in die kochende Brandung.

Der zweite Mast stand noch mit den Fetzen eines Segels und mit einem vom Sturm hin und her gerissenen Gewirr von zerrissenem Tauwerk.

„Das Schiff war schon auf Grund gestoßen“, sagte der Bootsführer, „und wurde dann wieder emporgehoben.“

Soviel ich verstand, fügte er noch hinzu, daß es jetzt in der Mitte entzweibrechen werde. Als er sprach, ertönte ein weiterer lauter Schrei des Erbarmens vom Strand. Vier Männer tauchten mit dem Wrack aus der Tiefe empor und klammerten sich an das Tauwerk des noch übrigen Mastes, zuoberst die aktive Gestalt mit dem Lockenhaar.

Es gab eine Glocke an Bord, und wie das Schiff rollte und schleuderte, läutete die Glocke, und ihr Klang, das Totengeläute dieser unglücklichen Männer, wurde vom Sturm zu uns getragen. Wieder verloren wir das Wrack aus den Augen, und wieder stieg es empor. Zwei der vier Männer waren verschwunden.

Ich merkte, daß die Menschen am Strand von einer neuen Gefühlsbewegung ergriffen wurden, ich sah, wie sich die Menge teilte und Ham hervorstürzte.

Sofort rannte ich zu ihm, denn ich ahnte, daß er entschlossen war, mit einem Seil loszuwaten. Ich hielt ihn mit beiden Armen zurück und bat die Leute, nicht auf ihn zu hören und ihn nicht vom Strand fortzulassen!

Wieder erscholl ein Schrei, und wir sahen, wie das grausame Segel Schlag auf Schlag auf den tieferstehenden der beiden Männer hinabstürzte, emporflog und sich um die aktive Gestalt schlang, die allein am Mast zurückgeblieben war. Gegen einen solchen Anblick und gegen eine Entschlossenheit wie die des ruhigen, verzweifelten Mannes, der gewohnt war, die Hälfte der Anwesenden anzuführen, wäre ich so erfolgreich gewesen wie gegen den Wind.

Ich wurde in einige Entfernung abgedrängt, wo mich die Leute um mich herum festhielten. Sie sagten, wie ich verwirrt wahrnahm, daß Ham entschlossen sei zu gehen, mit oder ohne Hilfe, und daß ich die für seine Sicherheit nötigen Vorsichtsmaßnahmen gefährden könnte, wenn ich die Leute störte, die sie träfen. Ich sah, wie sich die Leute am Strand eilig bewegten. Männer, die mit Seilen liefen und in einen Kreis von Gestalten traten, die ihn vor mir verbargen. Dann sah ich ihn alleine stehen, in Matrosenjacke und Hosen, ein Seil in seiner Hand und ein anderes um seinen Körper geschlungen, das einige Männer in einiger Entfernung festhielten.

Das Wrack barst nun entzwei. Ich sah, daß es sich in der Mitte teilte und daß das Leben des einzelnen Mannes am Mast an einem Faden hing. Er hatte eine merkwürdige rote Mütze auf, keine Matrosenmütze, sondern von schönerer Farbe. Wir alle sahen ihn, wie er seine Mütze schwenkte, als die wenigen Planken, die noch zwischen ihm und dem Tode aushielten, ob der Gewalt der Wogen zitterten und sein Totengeläut im voraus erschallte. Ich sah ihn, wie er es tat, und glaubte, ich müßte wahnsinnig werden, als seine Gestik eine alte Erinnerung an einen einst lieben Freund wachrief – den einst lieben Freund... Steerforth.

Ham beobachtete die See, bis sich eine riesige Welle zurückzog. Wie er hinter ihr hineinstürmte und gleich gegen das Wasser ankämpfte, emporstieg mit den Wellenbergen und zurückfiel mit den Wellentälern, verloren unter dem Schaum, einmal uferwärts, das andere Mal schiffwärts getragen. Mit der Zeit näherte er sich dem Wrack. Er war so nahe, daß er mit einem weiteren kräftigen Schlag sich daran würde festklammern können. Da wälzte sich ein hoher grüner Wasserberg hinter dem Schiff heran, er schien mit einem mächtigen Satz hineinzuspringen – und das Schiff war verschwunden!

Sie zogen ihn geradewegs zu meinen Füßen – ohnmächtig – tot. Er wurde zum nächstliegenden Haus getragen, und jedes Mittel wurde versucht, ihn wieder zum Leben zu bringen, aber er war von der großen Welle erschlagen worden, und sein großmütiges Herz stand still für immer.

Als ich neben seinem Bett saß, als alle Hoffnung aufgegeben und alles getan worden war, flüsterte ein Fischer, der mich gekannt hatte, als Emily und ich Kinder waren und die ganze Zeit seitdem, meinen Namen an der Tür.

„Mein Herr, würden Sie hinüberkommen?"

Die alte Erinnerung, die vorher in mir geweckt worden war, lag in seinem Blick, und ich fragte ihn:

„Wurde noch eine Leiche angespült?“

„Ja.“

„Jemand, den ich kenne?“

Er gab keine Antwort. Aber er führte mich an den Strand. Und zu jener Stelle, an der Emily und ich als Kinder Muscheln gesucht hatten – zu jener Stelle, wo einige kleinere Trümmer des alten Boots, das der Sturm vergangene Nacht zerstört hatte, vom Wind verstreut dalagen. Zwischen den Trümmern jenes Heims, über das er Schande gebracht hatte – sah ich ihn liegen mit seinem Kopf auf dem Arm, so wie ich ihn oft in der Schule hatte liegen sehen.

NACHWORT

In den letzten sechzehn Jahren seines Lebens gab der Romanautor Charles Dickens, der von 1812 bis 1870 lebte, öffentliche Lesungen aus seinem Werk. Er war zu dieser Zeit ein sehr berühmter Schriftsteller. Seine frühen Bücher, etwa „The Pickwick Papers", waren bei ihrem ersten Erscheinen Bestseller gewesen, und sie waren so populär wie je. Jeder neue Roman, den er schrieb, wurde mit Spannung erwartet, ebenso die kürzeren „Christmas Stories", die er fast jedes Jahr erscheinen ließ. Zu diesen Geschichten gehörte die sehr bekannte mit dem Titel „A Christmas Carol". Sie wählte Dickens für seine erste öffentliche Lesung.

Sie hatte so großen Erfolg, daß er fortfuhr, einige seiner anderen Werke für Lesungen überall auf den Britischen Inseln und für eine Tournee in den Vereinigten Staaten 1867/68 zu adaptieren.

Dieses Buch enthält jenen Text, den Dickens für seine Lesungen aus dem Roman „David Copperfield" vorbereitet hatte, der zunächst in monatlichen Lieferungen in den Jahren 1849/50 erschienen war. Er bevorzugte ihn ganz besonders, vielleicht weil die Geschichte zum Teil auf seiner eigenen Kindheit und Jugend basiert. Auch die Lesung, mit der er sich darauf bezog, war ihm eine der liebsten, und sie erwies sich als außerordentlich publikumswirksam. Dickens hielt sie mit großen dramatischen Emotionen. Die Tochter des Romanautors William Makepeace Thackeray schrieb, daß, wenn Dickens zur Szene mit dem Sturm und dem Schiffswrack kam, „wir zuletzt atemlos das Geschehen von der Küste aus verfolgten, und von hinten schien eine große Welle über die Bühne zu schwappen".

Diese Lesungen waren eher theatralische Veranstaltungen. Freunde von Dickens, unter ihnen der berühmte Schauspieler William Macready, sagten oft, daß, wäre er nicht Romanautor gewesen, er eine Bühnenkarriere hätte machen können. Schon als kleines Kind war Charles Dickens von Theateraufführungen begeistert gewesen. Er besaß ein kleines Spielzeugtheater mit ausgeschnittenen Figuren für die Darsteller. Damals bereiteten sich die Leute zu Hause ihre eigene Unterhaltung, und die Dickens-Familie mag sich an den Abenden mit der Aufführung von Liedern, Rezitationen und mit Szenen aus Theaterstücken unterhalten haben. Jung Charles tat sich mit dem Singen komischer Lieder hervor und wurde dabei am Klavier von seiner Schwester Fanny begleitet. Er setzte diese Tradition, als er erwachsen war, mit seiner eigenen Familie fort, und die Dickens-Kinder – sieben Knaben und zwei Mädchen – spielten Stücke, die ihr Vater am Heiligen Abend und am Dreikönigsabend inszenierte.

Dickens war auch ein leitendes Mitglied einer Amateurtheatergruppe, die er mit einigen seiner literarischen Freunde in London gebildet hatte. Sie führten die Theaterstücke für Wohltätigkeitszwecke auf. Bei vielen Produktionen führte Dickens Regie und übernahm wichtige Rollen selbst. Zweimal spielte die Gruppe sogar vor Königin Victoria. Auch seine ersten öffentlichen Lesungen standen im Dienst der Wohltätigkeit und brachten eine Menge Geld für Zwecke wie etwa das „Hospital for Sick Children" in London ein. Später, als er selbst Geld brauchte, um seine große Familie zu unterstützen, die heranwuchs, verlangte er für die Lesungen Eintritt und machte daraus fast eine zweite Karriere, indem er bis zu drei Monate auf einmal durch das Land reiste.

Charles Dickens verwendete große Sorgfalt auf die Vorbereitung seiner Lesungen. Es hatte auf den Londoner Bühnen bereits dramatisierte Fassungen seiner Romane gegeben. Diese Bühnenfassungen stammten nicht von ihm selbst; für seine öffentlichen Lesungen allerdings kürzte er seine Texte mit Bedachtsamkeit und wählte Szenen aus, die als selbständige Geschichten wirken würden. Er adaptierte den Text, schrieb ihn teils neu und unterstrich zur Betonung bestimmte Wörter und Redewendungen. „David Copperfield" ist in seiner Gesamtheit ein langer Roman mit verschiedenen Handlungssträngen. Für die Lesung entschloß sich Dickens, sich auf die traurige Geschichte Klein Emilys zu konzentrieren, die Davids Liebling seiner Kindheit gewesen war und die mit seinem alten Schulfreund Steerforth fortlief. Er bezog auch einiges von der Komödie der Micawber-Familie mit ein und von der Erzählung über Davids Liebe zur hübsch-dümmlichen Dora. Aber Emilys Geschichte sollte die Haupthandlung ausmachen. Dickens schrieb, als er die Lesung plante, eine Notiz nieder: „Das erste Kapitel unbeschwert. Dann zu Emily."

Alles im Zusammenhang mit den Lesungen war genauestens eingeteilt. Sie dauerten in der Regel zwei Stunden. Zuerst gab es eine einigermaßen lange Lesung aus einem Roman, dann eine Pause und dann eine kürzere Lesung, für gewöhnlich eine humoristische. Dickens fügte für sich in den Text Bühnenanweisungen ein. Bei „David Copperfield" etwa schrieb er Kommentare an den Rand wie „Feierlich, langsam, gemäßigt, und mit Gefühl", „Aufschauen, gelegentlich mit einem höhnischen Lächeln", „Gesichtsausdruck. Hochgezogene Augenbrauen". Der Gesichtsausdruck war ihm wichtig. Er verwendete Stunden darauf, um zu proben, indem er laut verschiedene Stimmen ausprobierte und mit Hilfe eines Spiegels seine Gesten und sein Gesicht kontrollierte. All dies war ein wesentlicher Teil seiner Vorstellung, und er hätte niemals erlaubt, daß Zuhörer hinter ihm säßen, wo sie während des Vortrags sein Gesicht nicht hätten sehen können. Denn es waren geniale Bühnendarbietungen, nicht bloß Lesungen. Dickens hatte eine große Begabung zur Nachahmung und veränderte seine Stimme für jede der handelnden Personen, so daß es den Zuhörern vorkam , als sähen sie die Menschen aus der Geschichte vor ihren Augen.

Wenn er mit den Lesungen unterwegs war, fuhr Dickens für gewöhnlich mit dem Zug, und er hatte seine eigene Bühnenausstattung dabei, die in den großen Hallen aufgestellt wurde, in denen die Vorstellungen stattfanden. Er hatte einen kastanienbraunen Wandschirm hinter sich, einen kastanienbraunen Teppich auf dem Bühnenboden und eine Gasbeleuchtung, die ein starkes, theatralisches Licht auf sein Gesicht warf. Einmal war das Gaslicht nicht richtig eingestellt, und die dazugehörigen Kupferdrähte drohten durchzubrennen. Dickens sah, was passierte, überlegte, wie lang die Drähte es aushalten würden, und kürzte während des Lesens so, daß er zum Ende kam, gerade bevor die Drähte aufgaben. Das Publikum ahnte nichts Böses.

Dickens nahm auch sein eigenes Lesepult mit auf die Tourneen. Es diente ihm als Stütze, um sich daran anzulehnen, weniger als Auflage für den Text, denn den konnte er auswendig. Manchmal klappte er den mitgebrachten Text nur auf, schloß ihn wieder und rezitierte die ganze Vorstellung aus dem Gedächtnis. Die meisten im Publikum, die sich drängten, ihn zu hören, kannten die Bücher fast so gut wie er selbst, und wenn er etwas hinzufügte, etwa einen neuen Witz, der nicht im Original stand, bemerkten sie es und freuten sich über die Veränderung.

Er sagte dem Publikum, es dürfe den Gefühlen freien Lauf lassen, lachen oder weinen, so als säßen sie zu Hause an ihrem Kamin, und es ist bekannt, daß dies auch geschah. Während einer bestimmten traurigen Szene vergoß ein Mann Tränen und „bedeckte sein Gesicht mit beiden Händen, beugte sich, geschüttelt von Emotionen, vor zum Sitz vor sich". Es gab begeisterten Applaus nach jeder „Show" – in einer Redewendung, die Dickens einmal gebrauchte, nannte er dies „echtes Showbusiness". Er achtete genau auf die Zuhörerreaktionen, und einmal, als er vor der Königin lesen sollte, lehnte er es ab, „A Christmas Carol" dafür zu nehmen, weil er fürchtete, daß er nicht die üblich gute Resonanz bekommen würde, wenn ihm nur sehr wenige Leute zuhörten.

Dickens war bereits in mittleren Jahren, als er anfing, Lesungen zu geben, und er investierte in sie so viel Energie, daß er sich danach oft erschöpft fühlte. Es war ein mühseliges Geschäft, von Stadt zu Stadt in Großbritannien, Irland und in den Vereinigten Staaten zu reisen und manchmal achtzig und mehr Abendvorstellungen zu geben, mit nur sehr wenigen Tagen dazwischen, und dazu gab er ein populäres Magazin heraus und schrieb neue Romane. Bahnreisen waren ihm unangenehm, insbesonders nachdem er von einem schrecklichen Eisenbahnunglück betroffen war. Er selbst blieb unverletzt und half den anderen Opfern des Vorfalls, doch danach war er ernsthaft erschüttert. Seine letzte Serie von Lesungen, eine kurze Abschiedstournee 1870, unternahm er entgegen ärztlichem Rat. Einer seiner Söhne war der Ansicht, daß diese Anstrengung mitverantwortlich war für seinen Tod im Juni dieses Jahres, noch bevor er sechzig geworden war.

Wie auch immer, er hatte Freude daran, Lesungen zu geben und einem begeisterten Publikum zu begegnen, und war bereit, bevor er es enttäuschte, auch auf die Bühne zu gehen, wenn er sich nicht wohl fühlte. Er war angenehm berührt, als eine Dame nach einer Lesung zu ihm kam und fragte: „Mr. Dickens, würden Sie mir erlauben, die Hand zu berühren, die mein Haus mit so vielen Freunden gefüllt hat?" Ihre Reaktion war typisch, denn den Lesern kam es vor, als wären die von Dickens geschaffenen Personen so wirklich wie lebende Menschen. Es muß ein wunderbares Erlebnis gewesen sein, den Autor selbst zu hören, wie er diesen Figuren frisches Leben einhauchte.

Anthea Bell

Printed in Italy
ISBN 3-85195-367-3
Folgende Bücher wurden von Alan Marks illustriert und sind im Michael Neugebauer Verlag erschienen:
DAS HÄSSLICHE ENTLEIN · H. C. Andersen
TIM, DER AUSREISSER · Alan Marks
TEMPELKATZE · Andrew Clements
AUF WIEDERSEHEN, PAPA! · Brigitte Weninger
A BOOK OF NURSERY RHYMES I
A BOOK OF NURSERY RHYMES II